双葉文庫

はぐれ長屋の用心棒

迷い鶴

鳥羽亮

目次

この作品は双葉文庫のために書き下ろされました。

迷い鶴　はぐれ長屋の用心棒

第一章　巡礼娘

一

大川端を小切《こぎ》れ売りが、足早に過ぎていく。小切れ売りは、裁《た》ち落とした布や半端の布地を荷って売り歩く商売である。

大川の川面を渡ってきた寒風に、綺麗な柄模様の小切れが、はためいていた。川岸の風景が寒々としていたせいか、小切れ売りの周辺だけが妙に華やいで見えた。

その小切れ売りの後ろから商家の母娘らしいふたり連れが、川風に乱れる着物の裾を気にしながらやってくる。娘の歳は十五、六だろうか。頭からすっぽりと黒縮緬《ちりめん》の袖頭巾《そでずきん》をかぶっていた。袖頭巾はお高祖《こそ》頭巾とも呼ばれ、髷《まげ》を壊さないことから婦人に愛用された頭巾で、防寒用でもあった。

……寒くなってきたな。

華町源九郎《はなまちげんくろう》は首をすくめた。袖頭巾の町娘を見て、冬の到来を感じたのである。

母と娘は下駄の音をさせながら、急ぎ足で永代橋の方へむかっていく。ふたりと擦《す》れ違うとき、源九郎はかすかに化粧の匂いを嗅いだ。

そのとき、源九郎の脳裏に一昨日、会ってきた孫娘の顔がよぎった。化粧の匂い、綺麗な小切れ、袖頭巾の娘、それらが源九郎を華やいだ気持にさせたのかもしれない。

……八重《やえ》か。器量のいい娘になるかもしれんな。

つぶやきながら、源九郎は目尻を下げた。

八重は倅の俊之介《しゅんのすけ》と嫁の君枝《きみえ》との間に、二月ほど前に生まれた子である。俊之介には新太郎《しんたろう》という四つになる嫡男がいるので、ふたり目の子ということになる。

源九郎は五十六歳。四年前、俊之介が君枝を嫁にもらったのを機に、家督をゆずって隠居し、家を出たのである。若夫婦に気を使うのが嫌だったのと、妻が亡くなり独り身だったこともあって気ままな長屋暮らしを始めたのだ。

君枝が抱いてきた八重は綿入れの産着にくるまれ、眠っていた。俊之介も目尻を下げて君枝の脇に座った。

「おお、俊之介に似ておるではないか」

源九郎は声を上げた。

赤子は、赤ら顔で猿のような顔をしていた。それでも口元や顎《あご》のあたりが、俊之介に似ているように見えた。

「君枝にも似ておる。きっと器量のいい娘になるぞ」

源九郎は世辞を言った。

君枝は色白で頰がふくれ、笑うと目が糸のように細くなってお多福のような顔になる。ぽっちゃりして可愛いが、どう贔屓《ひいき》目に見ても美人とはいえない。それに、産後のやつれもあって、べそをかいたような顔をしている。

……君枝に似たら、この子も不幸だ。

と思ったが、源九郎は微笑しながら赤子に目をやっていた。

「お義父《とう》さまったら、気の早い」

君枝が、べそをかいたお多福のような顔を赤く染めて言った。褒《ほ》められたのを本気にしたのか、君枝は嬉しそうに抱いた子に目をやっている。

「父上、宮参りにはお願いしますよ」

脇に座していた俊之介が言った。

貧乏御家人なので大層なことはできないが、君枝の産後七十五日の「産の忌み」が明けた百日目に、母親も付き添って新太郎も参った富ケ岡八幡宮に宮参りに行くことになっていた。

「むろんだ。八重が無事に育つよう祈願してこよう」

源九郎は目を細めて言った。

そのとき、奥の座敷で新太郎の母親を呼ぶ声が聞こえた。昼寝をしていたらしいが、目を覚ましたようだ。

それを潮に、源九郎は立ち上がった。君枝が八重を抱いて、奥座敷へもどったからである。


大川端は淡い暮色につつまれていた。暮れ六ツ（午後六時）を過ぎたばかりである。源九郎は仙台堀にかかる上ノ橋を渡った。寒風の吹く夕暮れのせいか、通りに人影はなくひっそりとしていた。

源九郎は小脇に破れ傘をかかえていた。源九郎の生業《なりわい》は傘張である。深川佐賀町にある福田屋《ふくだや》という傘屋に仕上げた傘をとどけた帰りだった。ふだんは竪川《たてかわ》沿いの丸徳《まるとく》という傘屋の仕事をすることが多かったが、福田屋にも出入りしていたのである。

大名の下屋敷の前を通り、清住町を過ぎて新大橋のそばまできたとき、夕闇のなかにいくつかの人影が見えた。白い衣装の者がひとり、武士らしき男がふたり、三人で揉《も》み合っているように見えた。白い衣装の主は女のようだった。男の怒号と女の悲鳴のような声が聞こえた。

……ただごとではない。

と、源九郎は思った。嫌がっている女を、ふたりの武士が無理やり連れて行こうとしているようだ。通りすがりの娘を、手込めにでもしようとしているのではあるまいか。

源九郎は走り出した。見捨てておくわけにもいかなかったのである。

やはりそうだった。笈《おい》を背負い巡礼のような衣装をまとった娘を、御家人か江戸勤番の藩士と思える武士がふたり、強引に連れ去ろうとしていた。

「待て、無体なことをいたすな」

駆け寄って、源九郎が声をかけた。

「お節介は、無用」

色の浅黒い丸顔の武士が素っ気なくそう言っただけで、かまわず娘の手を引いて新大橋の方へ連れて行こうとした。もうひとりの痩身の武士は、後ろから逃げようとする娘の肩口をつかんでいる。娘の顔は蒼白で、恐怖にひき攣《つ》っていた。

ふたりの武士は、源九郎を歯牙《しが》にもかけなかった。年老いた痩せ牢人と見て、あなどったようだ。

「そうはいかぬ。おぬしらは人さらいか」

源九郎が丸顔の武士の前に、まわり込んだ。

「老いぼれ、どけ！」

痩身で目の鋭い武士が、叱咤《しった》するような口調で言った。

「どかぬ。娘ごから、手を離せ」

源九郎は前に立ちふさがって動かなかった。

「邪魔立てするな」

「うぬら、武士の身で娘を手込めにする気か」

「なに！」

丸顔の武士が娘の手を離し、刀の柄に手を添えて源九郎の前に歩みよってきた。顔が怒気で赭黒《あかぐろ》く染まっている。

「どかねば、斬るぞ」

丸顔の武士は刀の柄に手を添え、恫喝《どうかつ》するように言った。

「やむをえんな」

源九郎は小脇にかかえた破れ傘を路傍に置いた。

武士の顔に驚きの表情が浮いた。まさか、源九郎が刀にかけても歯向かうとは思わなかったにちがいない。

「やる気か」

「そこもとが、その気ならな」

源九郎も腰の刀に手をかけた。

老いてはいたが、源九郎は鏡新明智流《きょうしんめいちりゅう》の達者だった。源九郎は十一歳のおり、鏡新明智流の桃井春蔵《もものいしゅんぞう》直正の士学館《しがくかん》に入門した。この時代（天保年間）、士学館は千葉周作の玄武館《げんぶかん》、斎藤弥九郎の練兵館《れんぺいかん》と並び、江戸の三大道場と称された名門である。

源九郎は士学館で熱心に稽古に取り組み、剣の天稟《てんぴん》もあったらしく、めきめきと頭角をあらわし、二十歳のころには俊英と謳われたほどに腕を上げた。ところが、二十五歳のとき、師匠のすすめる旗本の娘との縁談を断ったために道場にいづらくなって、やめてしまった。その後、華町家の家督を継ぎ、紆余曲折があり、いまはうらぶれた長屋に住む傘張り牢人の身である。

「素牢人！　容赦はせぬぞ」

丸顔の武士が抜刀した。

源九郎も抜いて、切っ先を武士にむけた。

刀を握ると、垂れ目で人のよさそうな源九郎の顔が豹変した。剣客らしい凄みのある面貌《おもて》である。体に気勢が満ち、萎《しぼ》んでいた体がいくぶん大きくなったように感じられた。

二

丸顔の武士は八相に構えた。威嚇《いかく》するように、両肘を張り刀身を高く上げて唸《うな》るような気合を発した。多少剣の心得はあるらしいが、敵の腕を見抜く目はないようである。

対する源九郎は青眼に構えると、すぐに刀身を返した。斬る気はなかったのだ。

「おのれ！　愚弄するか！」

武士の顔が憤怒にゆがんだ。源九郎が刀身を峰に返したのを見て、馬鹿にされたと思ったようだ。

「生かしてはおかぬぞ！」

怒声を上げ、武士がすり足で間をつめてきた。

怒りと興奮とで、刀身がワナワナと震え、腰が浮いていた。気攻《きぜ》めも牽制もない。我を失い、隙《すき》だらけである。

タリャアッ！

突如、獣の咆哮《ほうこう》のような気合を発して、武士が八相から袈裟《けさ》に斬り込んできた。力みだけで、鋭さのない斬撃である。

源九郎は体《たい》をひらいて敵の斬撃をかわしざま、刀身を横に薙《な》ぎ払った。

ドスッ、というにぶい音がし、武士の上体が腹部で折れたように前にかしいだ。源九郎の峰打ちが、腹を強打したのだ。

武士はがっくりと両膝を折り、息のつまったような呻《うめ》き声を上げた。すかさず、源九郎が武士の鼻先に切っ先を突き付け、

「娘ごを離して、去《い》ね。さもなくば、首を落とす」

と、重いひびきのある声で言った。茫洋《ぼうよう》とした顔がけわしくなり、双眸《そうぼう》が射る

ように武士を見すえている。

娘の肩を押さえていた痩身の武士は驚愕《きょうがく》に目を剝《む》き、娘から手を離した。源九郎がこれほどの遣い手とは思ってもみなかったのであろう。

「立ち去れ！」

源九郎が強い口調で言うと、痩身の武士がうずくまっている武士を助けおこし、

「この場は引くが、すぐに娘は返してもらうぞ」

そう言い残して、足早に新大橋の方へ逃げ去った。

娘は顫《ふる》えながら路傍に立っていた。歳のころは、十六、七。華奢《きやしや》で首が細く、白蠟《はくろう》のような肌をしていた。怯《おび》えたような目で源九郎を見つめていたが、黒眸《くろめ》が吸い込むような深淵をたたえている。

巡礼であろうか。白の笈摺《おいずり》に白の手甲脚半。白衣と白い肌が暮色のなかに浮き上がったように見えた。

「名は、なんというな」

源九郎は納刀し、おだやかな声で訊《き》いた。

娘の顔が困惑したようにゆがんだ。何か言おうとして、口をひらいたが、喉の

つまったような呻き声が洩れただけで何を言ったのか、聞き取れなかった。

「そなたの名は？」

源九郎がもう一度訊いた。

娘は蒼ざめた顔で源九郎を見つめたまま、首を横に振った。

「名乗りたくないのか」

源九郎がそう質《ただ》すと、

「お、思い出せませぬ」

と、娘が声を震わせて言った。

「……！」

源九郎は我が耳を疑った。

自分の名を思い出せないという。嘘を言っているとは思えなかったし、狂人でもないようだ。何か、強い衝撃があって、記憶を失ったのであろうか。そう思って見ると、その端整な顔を正気を失ったような翳《かげ》がおおっている。

「では、どこから来たのかな」

源九郎は別のことを訊いた。

娘は、ひどく困惑したように眉宇《びう》を寄せ、首を横に振った。やはり、思い出せないようである。

「両親《ふたおや》の名は」

「ち、父上の名も母上の名も分かりませぬ」

娘は絞り出すような声で言った。

「うむ……」

どういうことであろう。源九郎にもわけが分からなかった。それに、娘は武家言葉を遣っている。身装《みなり》は巡礼だが、武家の娘らしい。手甲脚半で草鞋《わらじ》履きから見て、旅をしてきたにちがいない。なにゆえ、武家の娘が巡礼に姿を変えて他国から江戸に旅して来たのだろうか。

「連れはいなかったのかな」

源九郎がさらに訊いた。

「つ、連れ……」

娘は眉宇を寄せ、懸命に何か思い出そうとしていたが、泣きだしそうな顔をして視線を落とした。どうしても、思い出せないらしい。

「では、どこへ行くつもりだったのだな」

「わ、分かりませぬ」

「困ったな」

この娘を、このまま見捨てておくわけにはいかなかった。行き場もなく、寒さに凍え死ぬかもしれない。それに、酔っ払いややくざ者にでも見つかれば、手込めにされ岡場所にでも売り飛ばされかねない。

娘は自分の体を抱くようにして、蒼ざめた顔で身を顫《ふる》わせていた。まるで、翼を失って震えている鳥のようである。

「どうじゃな、わしの長屋に来るか」

ひどい長屋だが、野宿よりはいいだろう。それに、茶漬けぐらいなら暖かくして食べさせてやることもできる。

「……」

娘は戸惑うような顔をして躊躇《ちゅうちょ》していたが、すがるような目で源九郎を見つめて、ちいさくうなずいた。

三

源九郎の住む長屋は、本所相生町《あいおいちょう》にあった。伝兵衛店《でんべえだな》という名があるが、界隈《かいわい》ではぐれ長屋で通っていた。源九郎のような食いつめ牢人、その日暮らしの日傭取《ひようと》り、その道から挫折し人の目をはばかって生きている職人など、はぐれ者が多かったからである。

はぐれ長屋は濃い暮色につつまれていた。あちこちから、子供の泣き声、叱りつける女房の甲高い声、仕事から帰ってきた亭主の怒鳴り声などがやかましく聞こえていた。夕餉《ゆうげ》前の、いつもの喧騒である。

源九郎と娘が路地木戸を通って長屋まで来ると、戸口のところにいたお熊《くま》がふたりの姿を目敏《めざと》く見つけて外へ出てきた。

お熊は四十過ぎ、でっぷり太って樽のような体をしていた。助造《すけぞう》という日傭取りの女房である。お節介で口が悪いが、気立てはいい。独り者の源九郎に気を使って、余り物の惣菜を届けてくれたり、ときには繕いなどもしてくれる。

「旦那、その娘《こ》は」

お熊は娘を見て驚いたように目を剝いて訊いた。巡礼姿で蒼ざめた顔をしている娘が、奇異に映ったようだ。

「行き場がないようなのでな。連れて来たのだ」

源九郎は子細を話すのは面倒だったので、それだけ言って、娘を自分の部屋へ連れていこうとした。

「行き場がないって、その娘、巡礼じゃァないか」

「そのようだな」

源九郎はそれ以上答えず、娘を部屋へ連れていった。

娘は土間に立ったまま、顔をこわばらせて逡巡《しゅんじゅん》していた。どうしていいのか、分からないらしい。それに、年寄りとはいえ、男の部屋である。

「見たとおりの粗末な部屋だ。草鞋を脱いでくつろぐがいい。何か暖かい物を作ってやりたいが……。これから飯を炊くのも面倒だし、まァ、とにかく湯を沸かそう。だれか、様子を見に顔を出すであろう」

そう言って、源九郎は土間の隅の竈《へっつい》の前に屈むと、火打を打って付け木に焚《た》きつけた。

娘は困惑したように源九郎の背を見つめていたが、背負った笈を下ろして上がり框《がまち》に腰かけた。眉宇を寄せ、戸ロの隅の闇を凝《じっ》と見つめている。何か思い出そうとしているようだ。

粗朶《そだ》に火がつき、パチパチと音をたてて燃え上がり、竈から白煙が立ち上った。源九郎は目をこすりながら、

「娘ご、心配することはないぞ。飯を食ったらな、わしは、別の部屋へ行く。そ

なたはひとりで休むといい」

源九郎は、だれか男の独り者の部屋へころがり込むつもりでいた。

娘は何も答えなかった。蒼ざめた顔と一点を見つめている目には、狂気じみた凄愴《せいそう》さがあった。娘の身に、よほどのことがあったにちがいない。

そのとき、戸口の腰高障子のむこうで、複数の足音がした。ささやくような女の声やくぐもったような男の声が聞こえる。

足音は腰高障子のむこうでとまり、かすかな息の音だけが聞こえた。障子のむこうから部屋の様子をうかがっているらしい。

娘は怯えたような顔をして、立ち上がった。右手が胸元に伸び、腰をわずかに沈めて身構えている。無意識に懐剣を握ろうとしているようだ。

……この娘、小太刀を学んだことがあるようだ。

娘の身構えを見て、源九郎は察知した。

そのとき、障子が音を立てて揺れ、娘がビクッとして源九郎の方に身を寄せた。見ると、障子の破れ穴から、こっちを覗《のぞ》いている者がいる。

「案ずることはない。長屋の者たちだ」

源九郎は立ち上がって、障子をあけた。

長屋の者たちが、障子のむこうに折り重なるようにつっ立っていた。お熊、源九郎の壁隣りに住むお妙《たえ》、ぼてふりの若い女房のおとよ、おまつ、お島……。男の顔もあった。お熊の亭主の助造、研師《とぎし》の茂次《しげじ》、ぼてふりの繁松。お熊が長屋に触れ歩き、お節介連中が集まってきたようだ。

「だ、旦那、その娘。どうする気だい」

お熊が訊いた。源九郎が連れてきた娘が気になってならないようだ。

「どうしたものか、思案中なのだ」

「何て名なの？」

おとよが脇から口を挟んだ。

「それが分からんのだ。本人も、思い出せないらしい」

そう言って、源九郎は娘の方に目をやった。

娘は困惑したような顔で立っていた。白装束と白い肌が夜陰に浮き上がり、小刻みに顫えている。ひどく心細そうである。

「自分の名が分からないのかい」

お熊が驚いたように聞き返した。

「そうらしい」

「そ、そんな」

馬鹿な、という言葉を飲み込んだのは、茂次である。

長屋の連中は戸惑いと好奇心の入り交じったような顔で、お互いの顔を見合った。娘が嘘をついているとも思わなかったし、かといって、狂っているようでもない。自分の名前が分からないというのは信じ難かったのである。

「この娘は遠方から巡礼に身を変えて、江戸まで旅してきたらしい。旅の途中、ひどく辛いことがあったのであろう。それで、正気を失い、自分の名も両親の名も、どこへ行くつもりだったのかも忘れてしまったようだ」

源九郎が勝手に想像したことを悲しそうな声で言うと、まじまじと娘の姿を見つめていたお熊が、

「そうなのかい。かわいそうに」

と、涙ぐんで言った。

他の連中の目も戸口に立っている娘にそそがれた。白装束の巡礼姿、痩身、怯えたような目差、透きとおるような白い肌。娘は長屋の連中の涙を誘うに十分な哀切に満ちた姿をしていた。

「まるで、鶴のような娘《こ》だよ」

お妙が言った。

「掃溜めに鶴か……」

茂次が言い添えた。

「そうだ。お鶴さんという名にしよう。名前がなくちゃァ、呼びようがないだろう」

お熊がそう言うと、他の連中が、それがいい、お鶴さんにしよう、いい名じゃァないか、などといっせいに喋りだした。

「よし、それでは、お鶴さんということにしよう」

源九郎がそう言うと、娘は困惑するような顔をしてうつむいた。自分でも、どうしていいか分からないらしい。

「なに、自分の名が分かるまでだ。長屋の連中も、お鶴という名が気に入ったようだぞ」

源九郎の言葉に、娘ははにかむような顔をしてうなずいた。

「ところで、お鶴さんだがな。朝から何も食しておらぬのだ。何か、食べさせようと焚きつけたのだが」

源九郎はそう言って、竈の方に目をやった。すでに火は消えかかっている。

お鶴が朝から食べていないかどうか知らなかったが、すくなくとも夕餉はまだのはずだ。それに、源九郎自身も夕餉はまだで腹がすいていた。

「そうなのかい。あたしが何か持ってきてやるよ」

そう言って、お熊がその場を離れると、あたしも何か持ってくると言ってお妙が、つづいておとよ、おまつ……と離れ、残ったのは茂次だけである。

「茂次、菅井《すがい》にな、わしが今夜厄介になりたいと言ったと伝えてくれんか」

「承知しやした」

茂次はニヤリと笑って駆けだした。源九郎がお鶴を自分の部屋に寝かせるつもりらしいと察知したのである。

源九郎はお鶴とふたりだけになると、

「笈のなかに入っている物を見せてはくれぬか」

と、訊いた。お鶴の身元や郷里などを示す物が入っているのではないかと思ったのである。

お鶴は、うなずいた。自分でも知りたいのか、すぐに笈のなかの物を取り出して畳の上に置いた。手甲、脚半、手ぬぐい、髪結い道具、薬袋、火打と付け木、財布、それに懐剣……。女物の衣類もあったが、お鶴は恥ずかしいのか、それは出さなかった。

……身元を示す物は何もない。

書き付けや書状のような物は何もなかった。それに、旅の持参品としては通常の物ばかりで、国許や身分などを示す物はなかった。ただ、拵《こしら》えのいい懐剣が、そこそこの身分の武家の娘であることを語っていた。

四

「旦那、入《へえ》ってくれ」

腰高障子のむこうで茂次の声がした。

源九郎が菅井紋太夫《もんだゆう》の部屋の腰高障子をあけると、行灯《あんどん》の灯に四人の男の姿が浮かび上がっていた。菅井、茂次、孫六《まごろく》、それに三太郎《さんたろう》である。

源九郎をくわえた五人は、はぐれ長屋の用心棒仲間といったところである。これまで協力して、旗本の世継ぎ騒動を丸く収めたり、勾引《かどわか》された長屋の子供を助け出したり、掏摸《すり》の一味に脅された旗本を助けたりしてきた。むろん、相応の報酬を得てのことである。

「雁首をそろえて、どうしたのだ」

源九郎が訊いた。どうせ、茂次が触れまわって集めたにちがいない。

「当人から、お鶴さんの話を聞こうと思ってな」

菅井がとがった顎《あご》に手をあてて言った。

菅井は陰気な顔をしていた。細い目、とがった顎、頰が肉をえぐり取ったようにこけ、無精髭が伸び、総髪が肩まで垂れている。行灯に浮かび上がった横顔は般若《はんにゃ》か貧乏神のようである。

菅井は四十九歳、生れながらの牢人で、生業は居合抜きの大道芸。両国広小路で居合抜きを見せて銭をもらっている。ただ、居合の腕は本物で田宮《たみや》流居合の達人であった。

「おれも、事情は分からんのだ」

源九郎は、車座になっている男たちの間に割って入った。

「どこから連れてきたのだ」

菅井が訊いた。

「福田屋の帰りに、大川端でな」

源九郎はお鶴を助けた経緯をかいつまんで話した。

「すると、ふたりの武士がお鶴を連れて行こうとしたのだな」

「そうだ。それに、お鶴は武家の娘だ」

お鶴が、武家言葉を遣うことや小太刀を遣うことなどを話した。

「うむ……。何か、深いいわくがありそうだ」

菅井がしきりにとがった顎を指先でこすりだした。考え込むときの癖である。

いっとき、男たちは黙考していたが、

「それで、旦那はどうするつもりなんで」

と、茂次が訊いた。

「わしは、しばらくこの部屋で厄介になるつもりだ。まさか、娘といっしょに寝るわけにはいかんだろう」

「そりゃァ分かってますよ。あっしらが訊きてえのは、あの娘をどうするかってことです。放っておくわけにもいかねえでしょう」

茂次がそう言うと、他の三人も、そうだ、そうだ、という顔をして、源九郎に視線を集めた。

「だが、お鶴が記憶を失ってるのは、確かなようだし、どうしようもないだろう」

源九郎がそう言うと、

「そんなことはねえ」

と、孫六が口をはさんだ。

「あの娘を連れて行こうとしたふたりの侍《さむれえ》が分かれば、娘の素性も分かりやしょう」

孫六は還暦を過ぎた年寄りだが、元は腕利きの岡っ引きである。六、七年前、中風をわずらい、すこし足が不自由になって引退し、いまは長屋に住む娘夫婦の世話になっている。

「それに、江戸で何かあったかも知れんぞ。あの娘の記憶を奪うような恐ろしい出来事がな」

菅井が低い声で言った。

「だがな、お鶴が金を持っているとは思えぬし、出せとも言えぬ」

源九郎が渋い顔をして言った。

ここに集まった男たちは、いままで何らかの報酬を得て依頼された事件の解決に当たってきたのだ。

「なに、旦那があっしらに一杯ごっそうしてくれれば、それでいい」

孫六が目を細めて言った。孫六は、ことのほか酒好きだったが、娘のおみよに、酒は中風によくないと言われて、思うように飲めなかったのだ。

「それに、旦那、あの娘は翼を痛めて飛べなくなった鶴だ。このまま放り出しゃァ、すぐに野良犬の餌食になっちまいやすぜ」

茂次が語気を強くして言った。

「長屋に飛んできた鶴だ」

三太郎がうわずった声を出した。

「そう言えば、三河島に鶴が渡ってくるころだな」

菅井が遠方を見るような目をして言った。

吉原につづく日本堤と日光街道の交差する辺りから南にかけて、田圃《たんぼ》や湿地の広がる三河島田圃があり、その辺りに毎年多くの鶴が飛来する。その鶴は将軍の狩り（鶴御成《つるおなり》）のために大切に保護されていた。

ちょうど、いまごろが三河島田圃に鶴の飛来するころであった。

「分かった。ともかく、娘の素性だけでもつきとめ、しかるべき所へとどけてやらねばなるまい」

源九郎は、四人にそれぞれ仕事の合間を見て、お鶴の素性を調べるよう頼んだ。むろん、源九郎も探索するつもりでいた。

「それじゃァ、景気づけに一杯いきやしょう」

さっそく、孫六が言った。

孫六は丸い小さな目で、小鼻が張っている。その愛嬌のある狸のような顔に、笑みが浮いていた。

「茂次と三太郎で、亀楽《きらく》まで行って酒を分けてもらってきてくれぬか」

そう言って、源九郎が福田屋からもらったばかりの銭を渡した。

亀楽は、本所回向院《えこういん》の近くにある縄暖簾《のれん》を出した飲み屋で、源九郎たちが贔屓にしている店である。あるじの元造《もとぞう》は寡黙だが、気のいい男で、源九郎たちの頼みなら商売用の酒を分けてくれるはずである。

「ようがす」

すぐに、茂次と三太郎が出ていった。

五

孫六が戸口から出ようとすると、流し場にいたおみよが声をかけた。

「おとっつァん、どこへ行くんです」

おみよの声には、とげがあった。顔もいくぶんこわばっている。

昨夜、孫六が酒を飲み、遅く帰ってきたことで腹をたてているのだ。亭主の又《また》八《はち》の手前もあって、おみよは孫六が酒を飲むことや夜遅くまで出歩くことを嫌がっていたのである。その又八はぼてふりの魚屋だったので、夜明けとともに商売に出かけていた。いま長屋にいるのは孫六とおみよのふたりだけである。

「ちょいと、そこまでな」

「そこまでって、また、亀楽じゃァないでしょうね」

おみよは、孫六が長屋の男連中とときおりおみよの目を盗んで亀楽に出入りしていることを知っていた。

「まだ、四ツ（午前十時）前だぜ。亀楽はあいちゃァいねえよ」

孫六は苦々しい顔をして言った。

「それじゃァどこへ行くのさ」

「亀じゃなく、鶴よ」

孫六は顎を突き出すようにして言った。

「鶴ってなによ」

「華町の旦那が連れてきた娘さんのことだよ」

「お鶴さんのことかい」

おみよの目に好奇の色が浮いた。お鶴のことを、長屋の女房連中から耳にして気になっていたのだろう。

「そうよ。あの娘、むかしのことはみんな忘れちまったらしいんだ。てめえの名も両親《ふたおや》の名も、生まれた国もだぜ」

「ほんとかい」

おみよが目を剝いた。

「おめえ、そんな娘を長屋から放り出せるかい」

「そりゃァできないよ、可哀そうで」

おみよが眉を寄せた。

「だろう。それでな、みんなで何とかしてやろうということとなったのさ」

「それで、おとっつァんが何をするのさ」

「おれは、番場町の親分といわれた御用聞きだぜ。……まァ、お鶴さんの素性だけでも、調べてやろうと思ったわけよ」

「そうなのかい」

おみよの顔がいくぶんなごんだ。孫六の謂《いい》を信じたようだ。

「それじゃァ、行ってくるぜ」

孫六は、胸を張って声を大きくした。

戸口から外へ出ると、おみよの、気をつけてね、年寄りなんだから、と言う声が背中で聞こえた。

……年寄り扱いしやがって、気に入らねえ。

孫六はそうつぶやいたが、悪い気はしなかった。

おみよが孫六の体を気遣って言っていることは分かっていたし、することもなく長屋で燻《くすぶ》っていることからも解放されるのだ。それに、人助けのために長屋の男たちと同じように動けるのである。

孫六は竪川沿いの道を両国橋方面にむかって歩いた。背がまがり、左足をすこし引きずるようにして歩いている。その姿はいかにも頼りなげな老爺だが、足は意外に速かった。むかし、岡っ引きとして鍛えた体なのである。

……まず、栄造《えいぞう》から話を聞いてみようかい。

栄造は、浅草諏訪町に住む岡っ引きである。孫六が岡っ引きをしていたころは、まだ売り出し中だったが、いまは縄張りにしている浅草、神田界隈では栄造の名を知らぬ者はいないほどの親分になっていた。

それに、相撲《すもう》の五平《ごへい》という悪党と長屋の者が対立したとき、栄造と力を合わせて捕縛したことがあり、孫六はいまでも懇意にしていたのだ。お上の御用がないときは、店にいるはずである。

栄造は、女房のお勝《かつ》に諏訪町で勝栄《かつえい》というそば屋をやらせていた。

勝栄の暖簾をくぐると、土間にいたお勝が目敏く孫六を見つけ、板敷きの間に座らせてくれた。お勝も、孫六のことは知っていたのである。

まだ、昼前なので店内は空いていた。板敷きの間に店者《たなもの》らしい客がひとりいて、そばをたぐっている。

「番場町の、よく来てくれたな」

栄造が板場から濡れた手を前垂れで拭きながら出てきた。店の手伝いをしていたようである。

栄造は三十がらみ、色の浅黒い剽悍《ひょうかん》そうな顔をしていた。目付きが鋭く、いかにも腕利きの岡っ引きという風貌である。

「かけを頼まァ」

酒も、と言いたいところだったが、孫六は我慢した。これから、探索にまわらねばならなかったからである。

栄造は気をきかせて、板場にいるお勝に、そばと酒を持ってくるよう話してか

ら、

「相生町から、そばを食いにここまで来たわけじゃァあるめえ」

と、声を低くして訊いた。

「ちょいと、訊きてえことがあってな」

「お上の御用にかかわることかい」

栄造が孫六を見すえて訊いた。

「いや、そんなんじゃァねえ。長屋に、鶴が一羽舞い下りてな」

「鶴?」

栄造は怪訝《けげん》な顔をした。

「名は分からねえんだが、お鶴さんと呼んでるんだ」

孫六はいままでの経緯を簡単に話した。

「へえ、そんなことがねえ」

栄造も驚いたような顔をしている。

そこへ、お勝がそばと酒を運んできた。

「まァ、一杯やってくれ」

栄造は銚子を取ると、猪口《ちょく》に酒をついでくれた。

「へッへへ、すまねえな。それじゃァ一杯《いっぺえ》だけ」

孫六は目尻を下げて酒を受け、一気に飲み干してから、

「それでな、どこぞの大名の家臣、御家人、旗本。武家というだけで相手ははっきりしねえんだが、侍《さむれえ》と巡礼娘のかかわった事件はねえか、まず、おめえに訊いてみようと、足を運んできたわけよ」

「巡礼の娘なァ……」

栄造はいっとき記憶をたどるように虚空に目をとめていたが、何か思い当たったらしく、急に顔を上げて、

「そういやァ、店にときおり顔を出す千太《せんた》ってえぼてふりが、何人かの侍に巡礼が無理やり連れていかれるのを見たと言ってたな」

と、首をひねりながら言った。

千太は同じ浅草茅町に住むぼてふりで、日本橋の魚河岸で仕入れた魚を深川、本所辺りで売り歩いているという。

「いつのことだい？」

「おれが耳にしたのは、昨夜のことだ」

栄造は、そばを運んだとき小耳に挟んだが、気にもとめなかったので、他のこ

とは何も聞いていないという。

「千太に会えるかな」

孫六はくわしい話を聞いてみようと思った。

「七ッ（午後四時）を過ぎなけりゃァ、いねえはずだ」

栄造によると、千太がぼてふりの仕事を終えて長屋にもどるのは、七ッを過ぎてからだという。

「ともかく、塒《ねぐら》を教えてくれ」

「かまわねえよ。おれの名を出して、訊くといいぜ」

そう言って、栄造は長屋のある場所を教えてくれた。

孫六は酒を飲み終え、そばを食してから勝栄を出た。それから、いったん長屋にもどり、一休みしてから茅町に足を運んだ。七ッまでには間があったのである。

千太は長屋に帰っていた。二十代半ば、まだ独り者で両親といっしょに住んでいた。小太りで、妙に顔の大きな男である。

「諏訪町の栄造から話を訊いてきたんだが、おめえ、昨夜、巡礼が侍に連れていかれるのを見たそうだな」

孫六は上がり框に腰を下ろして訊いた。

千太は孫六のことを岡っ引きと思ったらしく、殊勝な顔をして脇に座っていた。幸い、両親は近所に出かけているとかで、千太ひとりだった。

「へい、見やした」

「場所はどこでえ?」

「御籾蔵《おもみぐら》の前で」

千太ははっきり答えた。自分とかかわりのないことなので、安心したようだ。御籾蔵は、大川にかかる新大橋のたもとにあり、源九郎がお鶴を助けた場所のすぐ近くである。

「その巡礼は色白のほっそりした娘だな」

孫六はお鶴のことだろうと思った。

「いえ、男でして」

「男だと」

とすると、お鶴ではないことになる。

「まちがいなく男だな」

「へい、十八《はっ》、九《く》の若《わけ》えやろうで」

千太によると、昨日の暮れ六ッ（午後六時）ごろ、三人の武士が巡礼姿の若い男を取り押さえ、新大橋を渡っていったという。源九郎がお鶴を助けたのと、ほぼ同じころである。

「その侍たちだが、巡礼の娘のことは言ってなかったか」

孫六は、お鶴に同じ巡礼姿の若い男の連れがいたのではないかと思った。

「そう言やァ、すれちがうとき、もうひとりも、峰山《みねやま》たちがつかまえるはずだ、と口にしてやしたが」

「名を口にしたのか」

「へい、峰山と言いやした」

千太は、すれちがいざまだったので、はっきり聞こえたと言った。

「うむ……」

五人の侍はお鶴と若い男を捕らえようとしたにちがいない。ところが、お鶴だけが逃げた。そのため、三人の男が若い男を連れていき、ふたりがお鶴の後を追った。そのひとりが峰山という名なのだろう。そして、新大橋のたもとでお鶴に追いつき、押さえて連れて行こうとしたのだ。

そのとき通りかかった源九郎が、お鶴を助けたのである。

「他の侍《さむれえ》たちだが、名は分からねえか」

孫六が訊いた。

侍たちの正体が知れれば、若い男の連れていかれた場所も分かるし、お鶴の素性も知れるだろう。

「分からねえが、浅葱裏《あさぎうら》にちげえねえ」

千太が嘲弄《ちょうろう》するように言った。

浅葱裏とは浅葱色の木綿を着物の裏地に用いた着物のことで、丈夫で実用的であった。この浅葱裏を江戸勤番の下級武士が多く用いたことから、浅葱裏は田舎出の下級武士を揶揄《やゆ》する言葉として遣われていたのである。

「どこぞの藩士か」

新大橋を渡っていったとなると、屋敷が日本橋方面にあるのではないだろうか。孫六は新大橋を渡った先で聞き込めば、五人の武士のことも知れるのではないかと思った。

それから、孫六は巡礼姿の若い男の人相や体軀などを訊いてみたが、中背で痩せた感じがしたというだけで、くわしいことは何も分からなかった。

「手間を取らせたな」

孫六は千太に礼を言って、腰を上げた。

六

「茂次さん、気をつけて……」

お梅《うめ》が戸口に立って言った。

「夕餉までに、帰《けえ》ってくるからよ」

茂次は砥石《といし》や鑢《やすり》の入った仕立箱の入った風呂敷包みを肩にかけ、お梅の視線を背に感じながら路地木戸の方へ足を運んだ。

茂次は、いっしょにめしを食おう、という言葉を呑み込んで敷居をまたいだ。

茂次がお梅と所帯を持って、まだ半年ほどである。お梅とは幼馴染みだった。そのお梅が借金のかたに連れていかれ、相撲の五平の営む女郎屋で働かされていたのを助けたのが縁でいっしょになったのである。

茂次は刀槍を研ぐ研屋《とぎや》だったが、師匠と喧嘩して弟子入りしていた研屋を飛び出し、いまは長屋や路地をまわり、包丁、鋏《はさみ》、小刀などを研いだり鋸《のこぎり》の目立てなどをして暮らしを立てていた。

竪川沿いの通りへ出た茂次は、竪川にかかる一ッ目橋を渡って御舟蔵《おふなぐら》の裏手に出た。今日は新大橋を渡り、日本橋で商売をやろうと思っていた。それというのも、孫六からお鶴の連れらしい巡礼姿の若い男が、三人の武士に新大橋を渡った先の日本橋方面に連れていかれたという話を聞いたからだ。

……巡礼の連れていかれた先をつきとめてやる。

と、茂次は思った。

茂次は新大橋を渡り、大川沿いの道を川下へむかって歩き、浜町堀にかかる川《かわ》口橋《ぐちばし》のたもとへ出た。その辺りは新大橋から近いが、大名屋敷ばかりで商売にならない。

さらに、茂次は浜町堀沿いの道を神田方面に歩き、栄橋《さかえばし》のたもとで担いできた風呂敷包みを下ろした。栄橋は日本橋富沢町から久松町に渡る橋で、橋の両側に町家がつづいている。この辺りなら商売になるし、話も聞けるだろうと思ったのである。

茂次は通行人の邪魔にならぬよう、掘割の岸辺ちかくにある柳の樹陰に道具をひろげた。

竹筒に用意した水を研ぎ桶にあけ、膝先に砥石、砥台《とだい》、踏《ふ》まえ木《ぎ》などをならべた。その道具類を見れば、研ぎ師であることが知れるはずである。

小半刻（三十分）ほどすると、下駄の音がし、長屋の女房らしき年増《としま》が鋏を手にしてやってきた。ふっくらした頬をした太り肉《じし》の女である。

「研ぎ屋さん、頼もうかね」

何を切ったのか、鋏の刃が欠けている。

「へい、すぐに研ぎやすぜ」

「いかほどだい？」

「仕事初めだ。五文まけて、十五文」

茂次は包丁、鋏などは研ぎ代として二十文もらっていた。十五文なら、相場よりは安いはずである。

「それじゃァ、研いでおくれ」

「すぐに、研ぎやすから、ちょいと待ってもらえますかい」

茂次は、女房から巡礼姿の若い男を連れ去った武士のことを訊いてみるつもりだった。

「姐《あね》さん、この辺りで三日前の晩、大騒ぎがあったんだってねえ」

茂次は荒砥《あらと》で欠けた刃を平らにしながら世間話でもする調子で訊いた。

「大騒ぎ……。あたし知らないけど」

年増は首をひねった。

「なんでも、侍が三人、嫌がる若い巡礼を脅しつけてどこかへ連れていったとか」

茂次は想像した状況を口にした。

「そんな騒ぎ、聞いてないけど」

年増は、何かのまちがいじゃァないかい、と言い添えた。

「三日前、巡礼を見かけなかったんで」

「見ないねえ」

「この辺りじゃァなかったのかな」

茂次はそれだけ言うと、口をつぐんだ。この女に訊いても無駄だと思ったからである。

それから、茂次は包丁の研ぎや鋸の目立てなどを頼みにきた女房や指物師などに、同じことを訊いてみたが、だれも知らなかった。

翌日、茂次は場所を変えた。大川端を川下へむかい、小網町の行徳河岸《ぎようとくがし》の路傍で商売を始めた。

近所の長屋の女房が持ってきた包丁を研いだ後、通り沿いの八百屋の親父《おやじ》が菜切り包丁を持ってきた。

「これを研いでもらえるかね」

「へい、すぐにやりやすぜ」

茂次は、菜切り包丁も十五文にまけておくと言って、研ぎ終わるまでそばで待たせておいた。

「ところで、この近くで騒ぎがありませんでしたかね」

茂次は、四日前に三人の武士が若い巡礼を無理やり連れていくのを見なかったか訊いてみた。

「見たよ」

親父は拍子抜けするほど呆気なく答えた。

「その巡礼は、あっしの妹の知り合いでしてね。どこへ連れていかれたか、知りやせんかね」

茂次は適当にいいつくろった。

「さァ、分からねえな」

「巡礼が連れていかれたのは、どっちで？」

「あの橋を来てな、酒井《さかい》さまの裏手を入っていったよ」

巡礼を連れた三人の武士は、新大橋の方から来て汐留橋《しおどめばし》を渡り、酒井雅楽頭《うたのかみ》の中屋敷の裏手を右手に入っていったという。

汐留橋は酒井家中屋敷の近くの汐留川にかかる橋である。

それから、茂次はさらに武士や巡礼のことを訊いてみたが、親父は、

「お武家が三人もで巡礼を連れていったのが妙なので覚えているが、遠かったのでほかのことは分からねえ」

とのことであった。

ただ、茂次は、侍たちの行き先は何とかつきとめられそうだと思った。新大橋方面から来て、酒井家中屋敷の裏手の路地を入っていったということは、屋敷がその辺りにあるとみていいのである。その界隈に、大名、旗本などの屋敷は多くはない。出入りする中間などに聞き込めば、分かるだろう。

その日、茂次はそれ以上聞き込みはしなかった。研ぎ師の商売をしながら、中間に話を聞くことはできなかったからである。

茂次は長屋にもどると孫六に聞き込んだことを伝えた。

「明日は、おれも行くぜ」

孫六が、すぐに言った。

ふたりで、行徳河岸や小網町をまわって聞き込みをすることになった。中間が出入りしそうな一膳めし屋や飲み屋を当たってみるのである。

七

源九郎が菅井の部屋を出て自分の部屋にもどろうとすると、井戸端にいたお熊が足早に近寄ってきた。

「どうしたな」

お熊は源九郎に何か話したいことがあるらしい。

「旦那、お鶴さんだけどね、何も思い出せないようだよ」

お熊は声をひそめて言った。

「そうか」

源九郎は、お熊たち長屋の女房連中が源九郎の部屋に出入りし、お鶴の世話を焼きながら何か思い出させようとしきりに話しかけているのを知っていた。

「それに、おかしなことがあってね」

「おかしなこととは？」

「いつまでも巡礼の姿じゃァおかしいだろう。それで、着替えたらどうかということになり、おとよさんが、袷《あわせ》を貸してくれたんだよ」

おとよはぼてふりの若い女房だった。歳がちかいこともあって、お鶴が着られるような袷を持っていたのだろう。

「お鶴さん、嫌がらずに着替えたんだけど。あたしらが笈摺や白衣を畳んでやろうとして手にすると、ふいにきつい顔になってね、あたしらからその着物を奪うように取ったんだよ」

お熊は上目遣いに源九郎を見ながら話した。

「着衣に、何かしまってあったのかな」

「それが、何もないんだよ。……あたし、お鶴さんの変わりように驚いて、どうしたのか聞いてみたんだ」

「それで」

「そうしたら、お鶴さん、ひどく困ったような顔をして、わたしにもなぜだか分からないけど、急に着物を他人に触らせてはいけないような気がしたというんだよ」

「うむ……」

身にまとっていた笈摺《おいずり》や白衣に、何か他人に知られたくない秘密が隠されていたのであろうか。

「お熊、いっしょに来てくれぬか」

源九郎は、もう一度笈摺や着物を調べてみようと思った。あるいは、お鶴の名や身元、それに巡礼の姿に身を変えて旅をしなければならなかった理由が分かるかもしれない。だが、相手がうら若い娘では、源九郎がその衣類を調べるのはやはり気が引ける。お熊なら、お鶴も承諾してくれるだろう。

源九郎がそのことを話すと、お熊はすぐに乗り気になった。

お鶴は座敷の隅にひとり、ぽつねんと座っていた。黒襟のついた縞柄の袷を着ている。おとよから借りた着物らしい。よく似合っている。色白で清楚な顔立ちのせいか、まだ少女らしい雰囲気があった。

「どうかな、すこしは落ち着いたかな」

源九郎は穏やかな声で訊いて、上がり框に腰を下ろした。お熊も身内のような顔をして源九郎の脇に腰掛けている。

「はい、華町さまのお蔭でございます」

お鶴は小声で言って頭を下げた。

「ところで、そなたが着ていた笈摺や白衣のことだが、それについて何か思い出したのではないのか」

源九郎が訊いた。

「そ、それが……。何も思い出せないのです。なぜ、そう思ったのか、わたしにも分からないのですが、ふいに、着ている物を他人に触れさせてはいけないと思って」

お鶴は、眉字を寄せひどく当惑したような顔をした。本当に、自分でも分からないらしい。

「そなたの名や生国が、記してあるのではないかな」

笈摺や巡礼の白衣の襟元や背には、そうしたものや願い事などが記してあることもある。

「わたしもそう思って調べてみたのですが、何もないのです」

お鶴は、か細い声で言った。お鶴自身も、自分がだれでどこから来たのか知りたいのであろう。

「もう一度、見せてはくれぬか。触るのは、お熊だけだが」

源九郎がそう言うと、お鶴はうなずき、笈のなかから綺麗に畳んだ笈摺と白木綿の着物を取り出した。

それらを、お熊が畳にひろげるのを源九郎は脇で見ていたが、文字はむろんのこと図や記号の類もない。襟元や裾が埃や汗で黄ばんでいるほかは変色もなかった。

「襟元や裾に、何か入っていないかな」

源九郎がお熊に訊いた。

すぐに、お熊は襟元や裾を触ったり撫でたりしてみたが、

「旦那、何もないようだよ」

と、がっかりしたように言った。

「お鶴どの、やはり、何も思い出せぬか」

源九郎がそう言うと、お鶴は眉宇を寄せ、懸命に思い出そうとしているふうだったが、悲しそうな顔をして首を横に振った。

「まァ、無理をせぬことだ。そのうち、思い出そう」

「はい……」

「お鶴どの、気を使わずにな、何か困ったことがあったら、わしか、お熊に話すといい」

「そうだよ。あたしらを、身内だと思っていいんだからね」

お熊が声を強くして言った。

「ありがとうございます。この御恩、終生忘れませぬ」

お鶴は目を潤ませ、畳に手をついてふたりに頭を下げた。

八

源九郎は大川端を歩いていた。六軒堀町の俊之介の屋敷へ行き、孫娘の八重の顔を見ての帰りである。

八重は目を覚ましていて、小さなどんぐりのような目で源九郎を見上げ、しきりに瞬きをしていた。

この前見てから半月ほどしか経っていなかったが、顔がすこし大きくなったような気がした。それに、目鼻立ちもととのってきたようである。

「ますます、君枝に似て美人になってきた」

そう言って君枝を喜ばし、茶と菓子を馳走になった。

源九郎は半刻（一時間）ほどで、俊之介の許を辞去した。あまり、八重を居間に出しておいて風邪をひかせてはと思ったのと、帰りに大川端へまわってお鶴のことを調べてみようと思ったからである。

まず、源九郎は清住町の大川端の表店に立ち寄り、ちかごろ若い男女の巡礼を見かけたかどうかを訊いて歩いた。それというのも、ふだん巡礼の通る道ではなかったし、男女の巡礼を見かければ覚えているだろうと思ったのである。

八百屋、下駄屋、そば屋など、数軒で訊いてみたが、見かけた者はいなかった。源九郎は川沿いをたどり、新大橋のそばの深川元町へ行って聞き込んでみたが、やはり目撃者はいなかった。

御籾蔵のそばの惣菜屋を出たときだった。路傍の天水桶の陰にチラッと人影が見えた。身を隠して、源九郎をうかがっている。顔までは分からないが、武士体である。

……あやつ、お鶴どのを連れ去ろうとしたひとりではあるまいか。

新大橋のたもとでお鶴を助けたおり、すぐに娘は返してもらうぞ、と捨て台詞を残して去った痩身の武士に似ているような気がした。

大川端で源九郎の姿を見かけ、ここまで尾けてきたのであろう。お鶴の所在を探り出すためにちがいない。

源九郎はそしらぬ顔で、新大橋のたもとへ出た。

やはり、武士は尾けてきた。

……取り押さえてくれよう。

と、源九郎は思った。武士を捕らえれば、お鶴の名や素性など知りたいことを聞き出すことができるだろう。

源九郎は御舟蔵《おふなぐら》の裏手に出た。西にまわった陽射しが立ち並ぶ十四棟の蔵に遮られ、通りに縞模様の影を刻んでいた。その影のなかを、源九郎は足早に歩いた。道のまがったところで物陰に隠れ、武士の前に飛び出して捕らえようと思ったのである。

道が右手にまがる手前で、源九郎はそれとなく後ろを振り返ってみた。

……おらぬ！

半町ほど後ろを尾けてきた武士の姿が見当たらない。源九郎は足をとめ、背後を振り返って見たが、やはり武士の姿はなかった。

……気付かれたか。

源九郎の狙いに気付いて、姿を消したのかもしれない。仕方なく、源九郎はそのまま両国橋の方に歩きだした。

と、前方、半町ほど先の路地からふいに人影があらわれた。武士がふたり。ひとりはお鶴を連れ去ろうとした丸顔の武士である。もうひとりに見覚えはなかった。中背で撫で肩だった。羽織袴姿で二刀を帯びている。

そのとき、後ろで足音が聞こえた。振り返ると、さきほど姿を消した痩身の武士が近付いてくる。

……わしを捕らえる気か！

どうやら、源九郎を挟み撃ちにするために前後で待ち伏せていたようである。

相手が三人では太刀打ちできない。

源九郎は足をとめ、周囲に目をやった。十間ほど先の八百屋の先に狭い路地があるはずである。そこへ逃げ込めば、路地が入り組んでいるので逃げられるかもしれない。はぐれ長屋から近かったので、源九郎はこの辺りの路地には明るかった。

前後から三人の武士が足早に近寄ってくる。源九郎は八百屋に近付いてから、足をとめた。

前方からのふたりは三間ほどの間合を取って、立ちどまった。中背の武士が底びかりのする目で、源九郎を見つめている。

……こやつ、なかなかの遣い手だ。

と、源九郎は見てとった。

首が太く、胸が厚い。どっしりと腰が据わり、一目で武芸で鍛えた体であることが見てとれた。

通りはひっそりとして、あまり人影はなかったが、ちょうど通りかかった職人らしい男が対峙している四人に気付き、顔をこわばらせて逃げ出した。

「うぬら、何者だ」

源九郎が誰何《すいか》した。

三人の武士の風体から、江戸勤番の藩士のような気がした。

「連れていった娘は、どこにいる」

丸顔の武士が、くぐもった声で訊いた。

「そこもとらが、名乗るのが先だな」

「娘を渡せ。おとなしく渡せば、危害はくわえぬ」

「まず、名を名乗れ」

「分からぬ男だな。うぬには、かかわりなかろう。娘はどこにいるのだ」

丸顔の武士の顔に苛立《いらだ》ったような表情が浮いた。

「知らぬ」

源九郎が拒否すると、中背の武士が、

「やむをえまい」

　と言って、一歩前に出た。刀の柄に手を添え、抜け、と低い声で言った。眉が濃く、頤《おとがい》の張った剛毅そうな面構えをしていた。

「わしを斬れば、娘の居所は分からなくなるぞ」

「殺しはせぬ。口をきけるように、斬る」

「たいした自信だな」

　源九郎は抜刀した。敵が三人では、斃《たお》すのは無理である。何とかこの場を切り抜け、八百屋の先の路地に逃げ込むよりほかに手はなさそうだった。

　中背の武士が抜いた。つづいて、左手の丸顔の武士、背後の痩身の武士も抜刀した。

　源九郎は青眼、中背の武士は八相に構えた。

　……奇妙な構えだ。

　腰を沈め、刀身を立てて切っ先で天空を突き上げるように高く構えている。左足が前で両足が撞木《しゆもく》（丁字形）になっていた。

　足裏をするようにして、ジリジリと間合をせばめてくる。大きな構えで、異様な威圧感があった。

源九郎は切っ先を敵の喉元につけ、気魄《きはく》を込めた。源九郎の構えもどっしりとして、大地に盤根を張った大樹のような威風があった。

背後と左手の武士は、それぞれ青眼に構えたまま動かなかった。源九郎と中背の武士の立ち合いの様子を見るつもりらしい。

源九郎と中背の武士の間合がすこしずつせばまり、両者の剣気がしだいに高まってくる。

斬撃の間境の手前で、中背の武士の寄り身がとまった。

と、中背の武士の刀身が伸び上がったように見え、稲妻のような剣気が疾《はし》った。

……くる！

感知した源九郎は、裂帛《れっぱく》の気合とともに青眼から敵の面へ斬り込んだ。

タアッ！

刹那、中背の武士が八相から斬り下ろした。

キーンという甲高い金属音がひびき、両者の刀身が撥《は》ね返った。斬り込んだふたりの刀身が、お互いの顔面ちかくで弾き合ったのである。

次の瞬間、脇へ跳びながら中背の武士が、横に払うように二の太刀をふるった。源九郎はそのまま前に突進した。

中背の武士がふるった切っ先が、源九郎の右の肩先をとらえた。が、うすく皮肉を裂かれただけである。

源九郎はそのまま前に走った。

中背の武士が体勢をたてなおして八相に構えたとき、源九郎は五間ほども離れていた。

「に、逃げるか！」

中背の武士が声を上げた。他のふたりが、慌てた様子で追ってくる。

源九郎は八百屋の先の路地へ走り込んだ。懸命に走った。ここは、逃げるしか手はない。

背後で複数の足音が聞こえた。追ってくるようである。

源九郎は裏店の間の狭い路地に駆け込み、さらに長屋の角をまがって別の路地へ入った。叢《くさむら》でおおわれた小径をしばらく走ると、やっと、後ろからの足音が聞こえなくなった。

……に、逃げられたようだ。

源九郎は足をとめ、ふいごのように荒い息を吐いた。心ノ臓が、早鐘のように鳴っている。源九郎はその場につっ立ったまま息の鎮まるまで休んでから、裂けた肩先を押さえてはぐれ長屋の方へ歩きだした。

歩きながら、源九郎は三人の武士の素性を思った。旗本や御家人ではない。それに、お鶴が巡礼姿で旅をしてきたらしいことから推《お》して、江戸勤番の藩士ではないだろうか。

……お鶴は、大名家のお家騒動にでも巻き込まれているのではないか。

と、源九郎は思った。

第二章　黒江藩

一

お鶴は、台所の流し場に立って洗い物をしていた。世話になってばかりはいられないと言って、炊事や洗濯は自分でするようになったのである。ただ、あまり自分でやった経験はないらしく、火の焚《た》き付けや釣瓶《つるべ》井戸の扱いなど、お熊たちに教えてもらっているようだった。

お鶴は下女のいる中級家臣の娘だったのではあるまいか。ひととおり家事の躾《しつけ》はされているが、自分で手を出すことはすくなかったのかもしれない。

「お鶴どの、洗い物が済んだら、わしと稽古せぬか」

源九郎が声をかけた。

「稽古ですか？」

怪訝《けげん》な顔をして、お鶴が振り返った。

「剣術の稽古だよ。……そなた、小太刀を身につけているようだ。気晴らしにもなるし、むかしのことを何か思い出すかもしれぬ」

源九郎は体が覚えている剣術の稽古をすることで、むかしの記憶が呼びもどされるのではないかと思ったのである。

「ですが、木刀もありませんし……」

お鶴は戸惑うような顔をした。

「木刀ならある。しばし、待て」

源九郎はそう言い置いて、外へ出たが、すぐに一尺二寸ほどの小太刀と二尺八寸の木刀を手にしてもどってきた。

木刀はふだん源九郎が遣っているもので、小太刀の方は古い木刀を切りつめたものである。そのときがきたら、お鶴と稽古をしてみようと思い、菅井の部屋に用意しておいたのである。

「さァ、やろう」

源九郎が細紐で襷《たすき》をかけると、

「はい、やってみます」

お鶴もその気になったらしく、細紐で両袖を絞った。

ふたりは、それぞれ木刀を携えて長屋の裏手の空地にむかった。井戸端のそばで遊んでいた長屋の庄太《しょうた》、房七《ふさしち》、六助《ろくすけ》の三人がふたりの姿を目にし、剣術だぞ、華町さまとお鶴さんが剣術をやるぞ、などと声高に喋りながらついてきた。

空地は雑草が繁茂していたが、丈が短く足を取られるような恐れはなかった。長屋の男児たちを除けば、人目もない。

「お鶴どの、好きなように構えてみろ」

源九郎がそう言うと、お鶴は小太刀を手にしたまま逡《しゅん》巡《じゅん》するような顔をしていたが、右手に持って身構えた。

……構えができておる。

お鶴は右手の小太刀を前に突き出すように構え、左手を腰のあたりに添えていた。腰が据わり、構えにも隙《すき》がなかった。かなり小太刀の稽古を積んだとみていい。

ただ、切っ先がやや高いような気がした。源九郎は、上段や八相にとった敵に応じる構えではないかとみてとった。

「では、まいるぞ」

源九郎は八相に構えた。

そのとき、源九郎の脳裏に大川端で待ち伏せていた中背の武士の構えが浮かび、同じように刀身を立て、切っ先で天空を突くような高い八相に構えてみたのである。

すると、お鶴の切っ先がぴたりと源九郎の左籠手《こて》につけられた。お鶴の目が鋭くなり凛《りん》とした面貌《おもて》になった。背筋が伸び、構えに女とは思えぬような気魄《きはく》がこもった。

……鶴が鷹になったたな。

悲哀につつまれた弱々しいお鶴ではなかった。色白で痩せた姿には悽愴《せいそう》さを感じさせる凄みがある。

ヤアッ！

源九郎は短い気合を発し、八相からお鶴の面に打ち下ろした。

お鶴は小太刀で受け、体をひらきながら源九郎の横面《よこめん》へ打ち込んできた。すばやい体捌《たいさば》きである。

源九郎は木刀を振り上げて、お鶴の打ち込みをはじいた。

戞《カツ》、戞《カツ》、と木刀と小太刀のはじき合う甲高い音がひびき、源九郎とお鶴の体が交差し、反転した。

数合した後、源九郎は大きく間合を取って、木刀を下ろした。源九郎はかげんして木刀をふるったので、お鶴の体を打つようなことはなかった。

「みごとだな」

源九郎はお鶴の太刀捌きを褒《ほ》めた。

「いえ、華町さまこそ。手加減をしてくださらなかったら、何度も打ち込まれていたでしょう」

お鶴が顔を紅潮させて言った。目にかがやきがあり、肌が生気をとりもどしたように朱に染まっている。

「どうかな、何か思い出したかな」

「は、はい……」

お鶴は遠い記憶をたどるように虚空に視線をとめていたが、

「板張りの床の上で、同じように打ち合ったことがあるような気がいたします」

と言って、源九郎に目をむけた。

道場であろう、と源九郎は思った。どこかの道場で、お鶴は小太刀の稽古をしたのである。その記憶が、かすかにもどってきたのではあるまいか。

「打ち合った相手を思い出さぬか」

「華町さまと同じように、構えました」

「そうか」

八相に構えたのである。おそらく、御舟蔵の裏手で立ち合った中背の武士が構えたのと同じように刀身を立てた高い八相にちがいない。とすると、お鶴の稽古の相手は、中背の武士か、同じように構える別の者ということになる。

「ほかに何か、思い出したことは」

「同じ場所に何人かいて、稽古をしていたような気がします」

「……」

道場で何人かの門弟が稽古をしていたのであろう。

それから、源九郎は相手の名や道場での出来事などを訊《き》いてみたが、お鶴はそれ以上思い出せないようだった。

さらに、ふたりは半刻（一時間）ほど稽古をして、木刀を下ろした。お鶴の顔は上気し、汗ばんでいた。久し振りで体を存分に動かしたせいであろうか、お鶴はすがすがしい顔をしていた。

「お鶴どのさえよければ、また、稽古をいたそう」

「ぜひ、お願いいたします」

お鶴は目をかがやかせて言った。

源九郎とお鶴が、剣術の稽古をしたという噂は、その日のうちに長屋中にひろまった。稽古を見ていた庄太や房七たちが、長屋中に触れ歩いたからである。

その後、長屋の連中のお鶴を見る目が変わった。噂に尾鰭《おひれ》がついて、源九郎を負かすほどの腕だと伝わり、お鶴は大名の剣術指南役の娘ではないかということになったのである。

お熊などは、お鶴のことを、女指南役とまで口にしたが、それでも以前と変わらず、源九郎の部屋にきては何かとお鶴の世話を焼きたがった。それというのも、お鶴は以前とすこしも変わらず、翼を失った鶴のように清楚で弱々しかったからである。

二

亀楽の飯台をかこんで、はぐれ長屋の男たちが集まっていた。源九郎、菅井、茂次、孫六、三太郎の五人である。

あるじの元造とお峰《みね》という通いの婆さんが酒と肴《さかな》を運んできて去ると、そばに腰を下ろした相手と酒を汲み合って喉を潤した後、

「まず、孫六から話してくれ」

と、源九郎が話を切り出した。

お鶴が長屋に来て、半月ほどが過ぎていた。今朝方、孫六が源九郎の許に顔を出し、

「気になることがあるんで、みんなに話しておきてえ」

と伝えたので、亀楽に集まってもらったのである。それに、源九郎もお互いの情報を交換しておきたいと思っていたところだった。

「へい、実はここ二日の間に三度、長屋のそばで妙な男を見やしたんで」

孫六が低い声で言った。

「妙な男とは」

茂次が先をうながすように訊いた。

「深編笠で顔を隠した侍が、角の煮染屋《にしめや》から長屋の木戸を見てやしたんで」

煮染屋は長屋につづく木戸から半町ほど離れた通りにある小体《こてい》な店である。孫六によると、その店の脇の板塀の陰に侍が立って、木戸の方へ体をむけていたというのだ。

「長屋を探ってたんですぜ」

茂次が口を挟むと、

「お鶴どのを連れ去ろうとした仲間ではないかな」

と、菅井が言い添えた。

「わしも、そう思う」

すでに、源九郎は孫六と朝会ったときにそのことを耳にしていた。

「すると、お鶴どのが長屋にいるのを知られたかな」

「いや、まだ、探っているところではないかな」

お鶴が長屋にいることが分かれば、二日も身を隠して木戸を見張ったりはしないだろう、と源九郎は思った。界隈《かいわい》で聞き込み、お鶴にかかわることを何か耳にして確かめようとしているのではあるまいか。

「いずれにしろ、隠し切れぬぞ」

菅井がけわしい顔で言った。

「そうだな」

そのうち、長屋の者をつかまえて話を訊くだろう。あるいは、直接長屋に乗り込んでくるかもしれない。

「おれも長屋にとどまって、お鶴どのを守ろうか」

菅井が身を乗り出すようにして言った。

「そこまでするのは、どうかな」

傘張りが生業《なりわい》である源九郎はともかく、菅井は長屋にいたのでは商売にならない。連日となると、暮らしも立たなくなる。それに、長屋にはお熊をはじめ腕っ節の強い女房連中が何人かいるし、いざとなればお鶴も小太刀を持って戦うだろう。源九郎がいれば、何とかなるはずだ。

「ともかく、わしが長屋から出ないようにして、しばらく様子をみよう」

源九郎が言うと、菅井も承知した。

「ところで、茂次たちはどうだ。何か知れたか」

源九郎は茂次と孫六に目をやった。ふたりは、巡礼姿の若い男を連れていった三人の武士の正体をつかむために小網町界隈で聞き込みをつづけていたのである。

「それが、まったく分からねえんで」

茂次が言うと、孫六も渋い顔でうなずいた。

ふたりが話したことをまとめると、大名屋敷に奉公する中間や付近の住人に訊いたが、巡礼を連れた三人の武士が酒井家中屋敷の裏手の路地を入っていったこ

としか分からないという

「その先が、ぷっつり消えちまったんで。巡礼姿は目につきやすからね。見た者がいてもいいはずなんだが、まったくいねえ」

茂次が苦々しい顔で言った。

そのとき、黙ったまま手酌で飲んでいた三太郎が、

「どうでがしょう、その長屋を見張ってるてえ侍《さむれえ》をこっちで見張ったら。あっしは暇だから、見ててもいいですぜ」

と、口を挟んだ。

三太郎は、砂絵描きだった。砂絵描きは染粉《そめこ》で着色した砂を袋に入れて持参し、地面に砂を垂らして絵を描く見世物である。三太郎は芝の増上寺の門前で砂絵を描いて参詣客に銭をもらっていたが、怠け者で三日に一度でかければいい方である。後は、長屋でごろごろしていることが多い。

「そうか、その侍の跡を尾《つ》けて行き先をつきとめりゃァいいんだな」

と言って、茂次がうなずいた。

「そうです」

三太郎が、無精髭の生えた青瓢簞《あおびょうたん》のような顔をほころばせた。

「それはいい」

源九郎もいい考えだと思った。

結局、三太郎が煮染屋の板塀を見張り、それらしい武士が姿をあらわしたら、長屋に居合わせた者に知らせ、いっしょに尾行することになった。

「いずれ、お鶴どのの素性も知れよう。今夜は前祝いだ。飲んでくれ」

源九郎は、元造に酒と肴の追加を頼んだ。

その夜、五人は久し振りに遅くまで飲んだ。孫六や三太郎は足元がふらつくほど飲んで、上機嫌で長屋に帰っていった。

「華町、その八相だが、あまり見かけない構えだな」

菅井が身をすくめ、襟元を合わせながら言った。店の外は肌を刺すような寒気がはりつめていた。

源九郎は菅井に大川端で待ち伏せしていた武士が構えた八相をして見せ、お鶴がその構えに応ずるように小太刀を構えたことも話してあった。

「江戸で修行した者ではないな」

菅井が歩きながら言った。

「わしもそう思う。大名の家臣が、国許で修行したのであろうな」

お鶴もまた、その大名の国許で小太刀を身につけたにちがいない。お鶴はその大名の領地から巡礼に姿を変えて、江戸へ旅してきたのではあるまいか。

「若い武士と手と手を取り合って、出奔ということもあるな」

菅井が般若《はんにゃ》のように顔をしかめて言った。

「あるな」

お鶴と同行したと思われる巡礼姿の若い男が、別の三人の武士に連れ去られているのである。ふたりで駆け落ちしたとも考えられるのだ。

「藩のお家騒動に巻き込まれ、逃げてきたのかもしれん」

歩きながら菅井が言った。

「それもある。いずれにしろ、お鶴を探している武士の正体が知れれば、お鶴のこともはっきりしてこよう」

そう言って、源九郎は上空を見上げた。

寒月が皓々《こうこう》とかがやいている。数奇なお鶴の運命がこれから先どう転ぶのか、源九郎にも予想がつかなかった。

三

……あいつだ！

三太郎が、胸の内で声を上げた。

煮染屋の脇の板塀の陰に人影があった。二刀を帯びた深編笠の武士である。

すぐに、三太郎は長屋に駆け込み、源九郎の部屋の腰高障子をあけた。お鶴と源九郎の姿があった。源九郎は片襷《かただすき》をかけ、刷毛《はけ》を手にして傘の骨に紙を張っている。お鶴は流し場で洗い物をしていた。

「旦那、ちょいと」

三太郎は源九郎を外に呼び出した。お鶴の前では話しづらかったのである。

「いたか」

源九郎はすぐに察したようだ。

「へい、深編笠が長屋を見張っておりやす」

「そうか。……孫六が、長屋にいたようだ。ふたりで尾けてくれ」

尾行は源九郎より孫六の方が巧みだった。それに、源九郎が長屋を離れた隙に、別の武士が長屋に踏み込んでこないともかぎらない。

「承知しやした」

「気をつけろよ」

「なに、孫六さんに任せておけばでえじょうぶでしょう」

三太郎はそう言い残して、孫六の部屋の方へ駆けだした。


三太郎といっしょに駆け付けた孫六は、木戸のそばの町家の陰から煮染屋の方に目をやり、

「あの男だ！」

と、声を殺して言った。

「どうしやす」

三太郎が脇から訊いた。

「こっちも身を隠して、やつが動き出すのを待つよりほかあるめえ」

孫六は、板壁のそばに屈み込んで言った。落ち着いたものである。岡っ引きとして長年生きてきたので、こうした尾行は飽きるほど経験していたのだ。

三太郎と孫六がその場に来て小半刻（三十分）ほどしたとき、

「孫六さん、動いた！」

と、見張っていた三太郎が言った。

見ると、板塀の陰にいた武士が深編笠を取り、長屋の木戸の方へ近付いてくる。丸顔の男だった。お鶴を連れて行こうとしたひとりである。

ふたりは慌てて板壁へ張り付いた。武士が木戸の前まで来ると、自分たちの姿が見えるのである。

「おい、おのぶに訊く気だぞ」

孫六が小声で言った。

おのぶが路地木戸から通りへ出てきたところだった。おのぶは長屋に住む日傭《ひよう》取《と》りの女房である。八百屋にでも行くのか、小脇に笊《ざる》をかかえている。

そのおのぶに、武士は近寄っていき、何か話しかけた。

おのぶは驚いたような顔をして立ちどまったが、武士に問われるままに二言三言答えている。

……まずいな。口止めしとけばよかったぜ。

孫六は後悔したが、所詮大勢いる長屋の住人の口をふさいでおくのは無理なのである。

おのぶは武士から離れ、通りにある八百屋の方に下駄の音をひびかせて去っていった。

武士は板塀の陰へもどらなかった。手にした深編笠をかぶり、そのまま通りを竪川の方へむかって歩いていく。

「三太郎、おれの跡を尾けてくれ」

孫六はそう言い残して通りへ出た。

武士の半町ほど後ろを孫六が尾け、その孫六をさらに半町ほど距離をとって三太郎が尾けていく。ふたりそろって尾けたのでは、気付かれやすいからだ。

孫六の尾行は巧みだった。天水桶の陰や通りを行き交う人々の陰に身を隠しながら、ほぼ同じ間隔を保ちながら尾けていく。

武士は竪川沿いの道から両国橋を渡り両国広小路の人混みを抜けて、大川端の道を日本橋の方へむかった。

武士は薬研堀《やげんぼり》を越えたところで、大名屋敷の築地塀の角を右手に入った。その細い通りをたどり、浜町堀に突き当たった。武士は浜町堀にかかる小川橋を渡って、ごてごてと町家がつづく高砂町の路地を日本橋川の方へむかっていく。

……酒井さまのお屋敷の裏手だぜ。

前を行く武士は、巡礼を連れた三人の侍が消えた酒井雅楽頭《うたのかみ》の中屋敷の裏手へむかっていた。

大身の旗本屋敷の間の路地を抜けると、また、町家のつづく町人地へ出た。松島町である。武士は表通りから狭い路地へ入り、突き当たりにある町家に入っていった。板塀をめぐらせた借家ふうの家である。右手に掘割があった。掘割には、ちいさな桟橋があり猪牙舟《ちょきぶね》が一艘浮かんでいる。

……ここだな！

孫六は確信した。

酒井家中屋敷の裏手から旗本屋敷などのつづく路地を来れば、ちょうどこの辺りにたどりつくのだ。

掘割沿いの道は、人影のない寂しい通りだった。巡礼姿の男を連れた三人の武士が、だれにも目撃されずにこの家まで来たとしても不思議はない。それに、町家では大名や旗本に仕える中間に訊いても分からないはずだ。

「孫六さん、どうしやす」

後ろから追いついた三太郎が訊いた。

「三太郎さんは、ここにいてくれ。あっしが、ちょいと様子を見てくる」

そう言い置くと、孫六は武士の入った家の方へ歩きだした。

孫六は掘割の水面に目をやりながら、ぶらぶらと板塀の方へ近付いていく。板塀のそばまで来ると、孫六は桟橋のそばの路傍に身をかがめた。老爺が道端で一休みしている風情である。

家のなかからかすかに物音が聞こえてきた。さっきの武士が部屋へ入ったようだ。廊下を歩く音がし、つづいて障子をあける音がした。どうやら、他に人はいないようである。人声は聞こえなかった。

いっときすると孫六は立ち上がり、歩きながら板塀の隙間をとおして覗《のぞ》いてみた。狭い庭があったが、柿葺《こけらぶ》きの小体《こてい》な家だった。間取りは二部屋、それに台所があるだけだろう。

……この家に、押し込めておくのは無理だな。

と、孫六は思った。

三人の武士がここに住んでいるとは思わなかったが、だれかの住居《すまい》であることはまちがいない。住人がいて、さらに捕らえた巡礼姿の若者を監禁しておくには狭すぎる気がしたのだ。それに、なかで声をたてれば、掘割沿いの道を通る者の耳に入る。

……連れてきた巡礼を殺《や》っちまったのかな。

孫六は、そうは思わなかった。殺す気なら、三人がかりで深川からこの家まで連れてくることはないのだ。その場で始末してしまった方が楽だし、人目につく危険もすくない。何か理由《わけ》があって、巡礼姿の若者を連れてきたはずである。

孫六はゆっくりした足取りで、三太郎のいる場所へもどってきた。

「どうです、なかの様子は？」

三太郎が目を剝《む》いて訊いた。

「さっきの侍の塒《ねぐら》じゃァねえかな」

孫六は来た道をもどりながら言った。三太郎は後ろから跟《つ》いてくる。

「あの家に、連れていかれた巡礼が押し込められてるんじゃァないですかね」

三太郎が訊いた。

「あそこにはいねえなァ。……いったん、連れ込まれたのはまちげえねえんだが」

「あの家から別の場所へ、移されたんじゃァありませんかね」

「そうかもしれねえ」

そう言って、孫六は板塀をめぐらせた家を振り返った。左手が空地、後ろが竹藪になっていた。家は人目を忍ぶ場所に建てられた妾宅のような感じがした。ただ、かなり古い家で、いまは借家なのだろう。その家の右手の掘割に桟橋がかかり、猪牙舟が水面に浮いているのが見えた。

……舟か！

孫六は気付いた。

掘割はすぐに大川へ出るはずだった。拘束した巡礼姿の若者を舟に乗せて運べば、江戸市中ほとんどの町へ連れていける。

四

翌日、孫六、茂次、三太郎の三人は、松島町へ出かけた。武士が入った町家のちかくで聞き込むためである。

孫六の予想は的中した。掘割沿いの長屋の住人のひとりが、巡礼姿の若者が三人の武士に連れていかれた翌朝、掘割の桟橋から四人の男を乗せた舟が出るのを見かけたと話したのだ。

舟に乗っていたのは武士が三人、それにもうひとりは頭から羽織のような物をかぶっていたので、身装《みなり》も顔も見えなかったそうである。おそらく、人目を引きやすい巡礼姿を隠すために、羽織をかぶせて身装を隠したのであろう。

舟の行き先は、分からなかった。掘割を大川の方へ下ったのを見ただけだそうである。

ただ、三人が手分けして聞き込んだことで多くのことが分かった。

武士が入った家は黒江《くろえ》藩七万石の町宿《ちょうしゆく》で、三年ほど前から藩士が住んでいるという。

町宿というのは、大名の江戸勤番の藩士が借りて住む町家のことである。通常、江戸勤番の藩士は上屋敷、下屋敷、中屋敷などに分散して住んでいるが、大名家によっては屋敷内の住居だけでは足りず、町の借家などに住むことがあるのである。

「それで、住んでる藩士の名も分かったのかい」

町宿のことを聞き込んできた茂次に、孫六が訊いた。

「峰山百蔵《ももぞう》だそうだよ」

「峰山だと！」

孫六が大声を出した。

「とっつァん、峰山を知ってるのかい」

茂次が訊いた。

「そいつだよ、お鶴さんを連れて行こうとしたひとりだ」

ぼてふりの千太が、三人の武士とすれちがうとき、峰山たちがつかまえるはずだ、とひとりの武士が口にしたのを聞いていた。その峰山にちがいない。

孫六が茂次と三太郎に話すと、

「やっと、正体がしれやしたね。お鶴さんを連れて行こうとしたふたりのうちのひとりは、黒江藩の家臣の峰山百蔵だ」

茂次が声を大きくして言うと、

「他の侍たちも、黒江藩士とみていいんでしょうね」

と、三太郎が言い添えた。

「まちげえねえ。それに、おれが聞いた話だと、あの家には藩士らしい男が何人か出入りしてるというぜ。みんな仲間だ」

孫六が言った。

「てえことは、あの家に出入りしてる男を探れば、連れていかれた巡礼の居所も知れるし、お鶴さんの素性も分かりやすね」

と、三太郎。

「そういうことよ。ともかく、このことを旦那たちに知らせようじゃァねえか」

孫六がそう言うと、茂次と三太郎がうなずいた。


菅井の部屋で、源九郎は孫六たちから話を聞いた。すでに陽が沈み、菅井も長屋にもどっていた。

「黒江藩の家臣か」

源九郎はお鶴を連れて行こうとした二人、巡礼姿の若者を連れていった三人、いずれも黒江藩の家臣か所縁《ゆかり》の者たちだろうと思った。

「お鶴どのも、黒江藩の家臣の娘かもしれぬな」

菅井が目をひからせて言った。

「うむ……」

おそらく、そうであろう、と源九郎は思った。

「たしか、黒江藩は出羽だったな」

「そうだ。七万石で外様だ。藩主は松島和泉守貞清《まつしまいずみのかみさだきよ》さまだったな」

源九郎が知っているのは、それくらいである。お家騒動や領内での騒擾《そうじょう》など、特に耳にしていなかった。

「お鶴どのは、出羽から巡礼姿で江戸へ出て来たのではないかな」

菅井が言った。

「そうかもしれぬ。いずれにしろ、黒江藩士から訊けば、事情は知れよう。……だれか、黒江藩士に知り合いはいないか」

源九郎が男たちをみまわして訊いたが、四人とも口をつぐんだままである。貧乏長屋の住人が、大名の家臣に知己がいるはずはない。

いっとき、沈黙が座をつつんでいたが、

「あっしが、聞き込んでみますよ」

と、孫六が言った。

黒江藩の藩邸に仕えている中間か出入りしている商人に訊けば、様子が知れるはずだと孫六は言い添えた。

「では、孫六たちに頼もう」

源九郎は、孫六、茂次、三太郎の三人に、黒江藩内の様子やお鶴の素性などを調べるよう頼んだ。

「おれは、同門だった者にそれとなく訊いてみよう。特異な八相の構えの主を知っているかもしれんからな」

菅井が言った。菅井は若いころ、本所荒井町にある田宮流居合の道場に通っていた。道場をやめて何年も経つが、そのころの知り合いがいるのだろう。

その夜はそれだけで、亀楽には足を運ばなかった。このところ、孫六を除いた四人は仕事を怠けがちで、それぞれふところが寂しかったからである。

翌朝、源九郎は朝餉《あさげ》を終えると、お鶴に、

「出羽国、黒江藩のことを覚えているかな」

と、訊いてみた。

「黒江藩……」

お鶴は懸命に記憶をたどっているふうだったが、

「駄目です。何も思い出せませぬ」

と言って、眉宇《びう》を寄せた。

「では、峰山百蔵という名は」

「峰山……。どこかで、聞いたことがあるような気もするのですが」

どうしても、思い出せませぬ、と言って、お鶴は悲しげな顔をした。

「焦らずにな。……そのうち、きっと思い出す。それまでは、ここでのんびり暮らすがいい」

「ありがとうございます。華町さまには何とお礼を申せばいいのか……」

お鶴は涙声で言った。

五

「旦那、大変だよ！　は、早く！」

腰高障子のむこうで、お熊のひき攣《つ》ったような声がした。何かあったらしい。

「どうした」

菅井の部屋を借りて傘張りをしていた源九郎は、すぐに戸口へ出た。

「お侍が三人も、長屋に来てるんだよ」

お熊が顔をこわばらせて言った。

侍が三人、お熊たちがいた井戸端に来て、華町源九郎の部屋はどこか、と訊いたそうである。井戸端に居合わせたお熊、おとよ、おまつの三人は、知らないよ、と言い捨てて逃げ散った。すると、三人は長屋の隅から順に、部屋を覗いてあらためているというのだ。

「だ、旦那、どうしよう」

お熊は声をつまらせた。

「行ってみよう」

お鶴のいる部屋は、すぐに見つかるだろう。

「お熊、長屋にいる男を集めてくれ」

菅井はいないが、まだ、孫六か茂次がいるかもしれない。それに、居職《いじょく》の者が何人かいるはずだった。場合によっては、大勢の力で対抗するより他に手はない。

「わ、分かったよ」

お熊は、ガツ、ガツと下駄を鳴らして駆けていった。

源九郎は部屋にもどって刀を差すと、慌ててお鶴のいる部屋の方へ駆け出した。

ちょうど、三人の武士がお鶴のいる部屋に近付いてくるところだった。御舟蔵の裏手で源九郎を襲った三人だった。中背の武士、丸顔の峰山、それに痩身の武士である。

長屋の女房や子供たちが、腰高障子の破れ目や立て掛けた雨戸の陰などから不安そうな目をむけている。

「やつだ！　華町だ」

源九郎の姿を見て、三人の武士が駆け寄ってきた。どうやら、源九郎の名をどこかで聞いたらしい。

源九郎は自分の部屋の戸口に立ちふさがった。なかに入れるわけにはいかなかった。腰高障子のむこうにお鶴のいる気配がした。長屋の騒ぎを聞きつけたにちがいない。

「そこが、うぬの住居か」

「そうだ」

峰山が質《ただ》した。他のふたりは、すこし身を引いて源九郎を見つめている。

「なかに房江《ふさえ》がいよう」

「………」

どうやら、お鶴の名は房江というらしい。

「出せ」

峰山が威嚇《いかく》するような声で言った。

「知らぬな。房江などという者はおらぬ」

源九郎は戸口に立ちふさがったまま動かなかった。

「このような場所で、刀を抜きたくはないがな」

そう言って、中背の武士が周囲に目をやった。

長屋の者たちが遠巻きに集まっていた。女房、子供、孫六、老人、それに居職の者が何人か。腕っ節の強い男たちは、みんな仕事に出ていて留守である。それでも、大勢でかかればなんとかなる。

「おぬしら、この長屋に来たら、わしひとりが相手というわけにはいかぬぞ」

源九郎がそう言ったとき、遠巻きにした人垣を割って、孫六と居職の男が三人、それにお熊たち女房連中が数人、前に出てきた。いずれも顔をこわばらせ、手に薪《まき》、石、心張り棒、天秤棒などを持っている。

「長屋の虫けらどもが、われらに盾突くというのか」

峰山が嘲弄《ちょうろう》するように言った。

「虫けらも力を合わせれば、馬鹿にならぬ」

源九郎はそう言って、孫六とお熊に目配せした。声をかけたら、手にした物を投げろという合図である。

「華町、おとなしくそこをどけ。長屋の者には、かかわりのないことだ」

そう言って、中背の武士が源九郎の前に立った。

そして、刀の柄に手を添え、抜刀する気配を見せた。

「どかぬ」

「やむを得んな」

中背の武士が抜刀した。

そのとき、源九郎が、投げろ、と声を上げた。

と、孫六やお熊など十人ほどが、手にした石や薪などを峰山たち三人を狙って一斉に投げつけた。

「な、なにをする！」

峰山が怒声を上げた。

小石や薪などが、三人の背や腰などに当たったのだ。峰山たち三人は首をすくめて、後ろを振り返った。

孫六やお熊たちだけではなかった。周囲を取りかこんだ子供から年寄りまで、集まった長屋の住人が手に手に小石や薪などをつかんで、投げる身構えをしていた。いずれも目がつり上がり、必死の面構《つらがま》えをしている。

「帰れ、さもなくば、長屋中の者がいっせいに投げつけるぞ」

源九郎が語気を強くして言った。

「うぬ！」

峰山が憤怒に顔を赭黒《あかぐろ》く染めて刀を抜く気配を見せたが、中背の武士が、待て、と言ってとめた。

「ここは、われらの負けだ。退却するしかない」

中背の武士は納刀した。

「覚えておれ！」

峰山が捨て台詞を残してきびすを返し、他のふたりも木戸の方へ走り出した。

それを見て、集まった長屋の住人が、ワアッ、と歓声を上げた。庄太や房七など子供たちは飛び上がって手をたたいたり罵倒の声を上げたり、手にした小石を去っていく三人の背に投げつけたりして狂喜している。

「旦那、お鶴さんは」

お熊が源九郎のそばに来て訊いた。

「無事だ」

そう言って、源九郎は腰高障子をあけた。

蒼ざめた顔で、お鶴が土間に立っていた。障子の破れた箇所から、源九郎と峰山たち三人のやりとりを聞いていたのだろう。

「よかったね。お鶴さん」

お熊がほっとしたように言った。

「は、はい……。長屋のみなさんのお蔭で助かりました」

お鶴は声を震わせて礼を言った。

六

長屋の者たちが去り、お鶴の気持が落ち着いたところで、

「お鶴どの、長屋に来た三人の武士に覚えはないかな」

と、源九郎が訊いた。

「はい、ふたりは新大橋のそばでわたしを連れて行こうとした者です」

お鶴の顔に、怯《おび》えたような表情が浮いた。

「……」

どうやら、峰山と痩身の武士に連れて行かれそうになったことは覚えているようである。記憶を失ったのは、それ以前ということなのだろうか。

「房江という名を覚えているか」

峰山が口にした名である。

「房江……」

お鶴の表情がかすかに動いた。何か思い当たったことでもあるのか、虚空を見つめた目に刺すようなひかりが宿っている。

「そなたの名らしい」

源九郎が言った。

「わたしの名！」

お鶴は、房江、房江、房江……と何度もつぶやいていたが、急に首を横に振り、源九郎の方に顔をむけて、

「そう呼ばれていたような気がするのですが、霧がかかったようで、何も思い出せないのです」

お鶴は、煩悶《はんもん》するように顔をしかめて絞り出すような声で言った。ひどく、苦しげな顔である。

それから、お鶴は土間の隅を睨《にら》むように見つめていたが、

「華町さま」

と、意を決したような強い声で言った。

「なにかな」

「剣術の稽古をお願いしたいのです」

「どうしたのだ、急に」

「房江という名を、小太刀の稽古をしているときに、呼ばれたような気がいたします」

お鶴は源九郎を相手に小太刀の稽古をすることで、何か思い出せるのではないかと思ったようだ。

「よし、やってみよう」

源九郎とお鶴は、それぞれ木刀と小太刀を手にして、長屋の裏手の空地にむかった。

身支度をして向かい合うと、

「華町さま、稽古のおり、房江と声をかけていただけましょうか」

と、お鶴が言った。

「分かった。では、まいるぞ」

源九郎は木刀を立て、切っ先で天空を突くように高い八相に構え、両足を撞木《しゅもく》にとった。中背の武士と同じ構えである。

お鶴は右手で持った小太刀の切っ先を源九郎の左籠手につけ、左手を腰に添えた。

「房江、打ち込んでこい！」

源九郎が声を上げた。

「はい！」

と応えて、お鶴はスルッと斬撃の間境のなかへ踏み込んできた。

鋭い気合を発しざま、源九郎がお鶴の面へ打ち込む。お鶴はその打ち込みを小太刀で撥《は》ね上げ、さらに源九郎の胸元に踏み込んで、喉を突こうとする。

すかさず、源九郎は体をひねりながら、掬《すく》うように木刀を撥ね上げた。

戞《カッ》と乾いた音がして、お鶴の小太刀が撥ね上がり、体《たい》が泳いだ。

源九郎はその隙を逃さず、お鶴に追いすがって切っ先を喉元につけた。

「ま、参りました。華町さま、いま一度！」

お鶴が目をつり上げて言った。

「承知」

ふたたび、ふたりは対峙して木刀と小太刀を構えあった。

「房江、まいるぞ！」

声を上げ、今度は源九郎から打ち込んでいった。

戞、戞、と木刀と小太刀がはじき合い、ふたりの体が何度か交差し、お鶴が背後に引くところを源九郎が右籠手を打った。むろん、手の内をしぼり、肌に軽く打つ程度で木刀をとめている。

「いま、一手！」

お鶴の色白の肌が朱に染まり、目がつり上がっている。

「オオ！」

ふたりは構え合い、また数合打ち合った。

それから、小半刻（三十分）ほど打ち合うと、源九郎の息が上がってきた。

「こ、これまでだ」

源九郎は木刀を引いた。

お鶴も小太刀を下ろした。寒気に白い息がはずんでいる。黒眸《くろめ》がひかり、頬や胸元がほんのりと桜色に染まっている。凛としたなかにも女らしい清楚な美しさがあった。

「どうだな、何か思い出したかな」

「はい……」

お鶴は、いっとき記憶を手繰るように虚空を見つめていたが、

「道場で八相に構えた者が、わたしを房江と呼んだような気がします」

源九郎を見つめて言った。

「その者は？」

「分かりませぬが、華町さまのような方でした」

「うむ……」

お鶴の父親かもしれぬ、と源九郎は思った。

お鶴の家は、道場をひらいていたのかもしれない。そこで、父親から小太刀の手解《てほど》きを受けたときの記憶が、かすかにもどってきたのではあるまいか。

「八相に構えた相手は、そなたの父親かもしれぬぞ」

そう言ったとき、源九郎の脳裏に中背の男のことが浮かんだ。

まさか、あの男がお鶴の父親ということはあるまいが、父親と何かかかわりを持っているような気がした。

「父上……」

お鶴の顔に、悲痛な表情が浮いた。記憶を閉ざした霧の彼方に、悲惨な出来事でも垣間見たのであろうか。お鶴はしばらく、その場に佇立《ちょりつ》したまま身を硬くしていた。

七

「お鶴さんの名は、房江さんというんで」

三太郎が、首を伸ばして目を剝いた。そうやると、面長で青瓢箪のような顔が、ヘチマのようになる。

源九郎と長屋の者たちが、峰山たち三人を追い返した夜である。菅井の部屋に、いつもの五人が集まっていた。

「ただな、お鶴どのの記憶がもどり、己を取り戻すまではお鶴さんにしておこうと思うのだ」

「それがいいだろう。長屋の者たちも、お鶴さんで馴染んでいるしな」

菅井がしかつめ顔で言った。

「それに、お鶴どのは父親から小太刀の手解きを受けた節があるのだ」

源九郎は、長屋の裏の空地でお鶴と稽古をしたときの様子をかいつまんで話した。

「お鶴どのの家は、黒江藩の領内で剣術道場をひらいていたのかもしれんな」

菅井が言った。

「わしもそう思ったのだ」

「その特異な八相の構えだがな。道場に通っていたころの知り合いに訊いてみたが、だれも知らんのだ。ただ、喜久田《きくた》という年配の男がな、古流儀の特徴をそなえた構えだと明言していたな」

「古流儀……」

そうかも知れぬ、と源九郎は思った。

古流儀とは、介者《かいしゃ》剣術ともいわれ、甲冑を身に着けたときの刀法である。重い甲冑を着けているため、腰を沈めて構えることが多い。また、八相も甲《かぶと》が邪魔になるため、顔から離して刀身を立てて構えるのだ。

「ただし、腰を深く沈めないところは、古流儀とはちがうようだがな」

「うむ……」

古流儀の特徴を残した刀法ということになろうか。いま、江戸で隆盛している北辰《ほくしん》一刀流、鏡新明智流、神道無念《しんとうむねん》流、心形刀《しんぎょうとう》流などとは異なる流儀であることはまちがいない。

「ところで、お鶴どのだがな。この先どうするつもりだ」

菅井が訊いた。

「峰山たちに所在をつかまれた以上、長屋に置いてはおけぬな」

今日のところは、長屋の者たちの協力で追い返したが、次はこうはいかないだろう。もっと大勢で乗り込んでくるかもしれないし、一気に源九郎の部屋に押し入って、お鶴を連れ去るかもしれない。

「どこか、身を隠せる住居があればいいのだが」

菅井が思案するような口調で言った。

「お吟《ぎん》のところはどうかな」

お吟という年増が、深川今川町で浜乃屋《はまのや》という小料理屋をひらいていた。若いころ、お吟は袖返《そでがえ》しという秘技を身につけた女掏摸《すり》だった。お吟が十六歳のとき、源九郎のふところを狙って取り押さえられ、足を洗って父親の栄吉《えいきち》とともに浜乃屋を始めたのである。

ところが、源九郎がかかわった事件のことで栄吉が昔の掏摸仲間に殺されてしまった。栄吉を殺した敵との戦いのなかで源九郎が怪我を負い、お吟が看病するうちにふたりは情を通じ合うほど親密な仲になった。その後、お吟と源九郎は栄吉の敵を討ち、お吟はそのまま浜乃屋をつづけている。

「あそこなら、隠れ家としていいかもしれんな」

菅井も浜乃屋のことは知っていた。

「長屋の者にも知れぬよう、連れていかねばならぬが……」

まさか、源九郎が浜乃屋に寝泊まりするわけにはいかなかった。浜乃屋にはお吟のほかに、板場を任されている吾助《ごすけ》という年寄りがいるだけである。峰山たちにお鶴がいることを知られ、襲われたらひとたまりもないだろう。

……長屋の者には内緒で連れ出そう。

と、源九郎は胸の内で思った。

「ところで、黒江藩のことで何か知れたかな」

源九郎は孫六たちに目をやって訊いた。孫六、茂次、三太郎の三人が、黒江藩を探っていたのである。

「それが、てえしたことは分からねえんで」

孫六が話したことによると、黒江藩の藩邸は愛宕《あたご》下に上屋敷、赤坂に下屋敷、鉄砲洲に中屋敷があるという。

孫六たちは手分けして、各屋敷の周辺で聞き込んでみたが、特に不審な点はなく巡礼姿の者を連れ込んだという話もなかったという。

「お家騒動のような噂は」

「それもねえんで……。もっとも、近所の者や奉公している中間に訊いただけでしてね。くわしい内情までは分からねえ」

孫六が渋い顔をして言った。茂次と三太郎も、お鶴にかかわることは聞けなかったと口をそろえた。

「いずれ、分かるだろう」

源九郎は、いざとなれば峰山たちから聞き出す手もあると思った。

だが、思わぬことからお鶴の素性や黒江藩の内情が判明した。それも、源九郎たち五人が菅井の部屋へ集まった翌朝である。

五ツ半（午前九時）ごろだった。菅井や茂次は、それぞれ商売に出て長屋を留守にしていた。源九郎は菅井の部屋で傘張りをしていたが、またお熊が駆け込んできたのである。

「旦那、また、来たよ！」

お熊は顔をこわばらせて言った。

「昨日のやつらか」

まずいことになった、と源九郎は思った。おそらく、昨日の轍《てつ》を踏まぬよう、大勢で来たのだろう。

「それが、昨日のお侍じゃァないんだよ」

「何人だ？」

「ふたり」

「なに、ふたり」

どういうことだろう。峰山たちではないようだが、他に長屋に用のある武士はいないはずである。

「ともかく、行ってみよう」

源九郎は刀を手にすると、すぐにお鶴のいる部屋の方へむかった。

八

ふたりの武士は井戸端に立っていたが、源九郎の姿を目にすると歩み寄ってきた。ふたりとも初めて見る顔だった。羽織袴姿で二刀を帯びていた。従者はいないようだ。身装からすると、御家人か江戸勤番の藩士である。

「華町どのでござろうか」

三十がらみの男が訊いた。面長で目が細く、鼻梁《びりょう》が高い。すこし昂《たかぶ》った声だが、敵対するような雰囲気はなかった。

た。

「黒江藩士、溝口信平《みぞぐちしんぺい》でござる」

溝口の脇にいた武士が、同じく、北山真吾《きたやましんご》でございます、と言って、頭を下げた。

北山は二十代半ば、浅黒い肌をしていたが端整な顔立ちで、澄んだ目が印象的だった。心配そうに、眉宇を寄せている。

「それで、このような長屋に何用でござるかな」

やはり、黒江藩士である。峰山たちが、顔の知られてないふたりを寄越したのかもしれない。

「房江どのが、長屋におられるはずだが」

溝口が源九郎を見すえて言った。

「さて、知らぬが」

迂闊《うかつ》に、お鶴のことを話すわけにはいかなかった。

「そこもとが、房江どのを匿《かくま》ってくれ、垣崎《かきざき》たちの手から守っていただいているのは承知してござる」

「垣崎ともうされる御仁は」

「そこもとは？」

峰山たちの仲間なのであろうか。

「昨日、当長屋にまいった三人の内のひとりでござる」

溝口によると、丸顔の武士が峰山百蔵、痩身の武士が沢口彦右衛門《さわぐちひこえもん》、中背の武士が垣崎吉兵衛《きちべえ》とのことだった。

「うむ……」

特異な八相に構える武士は、垣崎吉兵衛という名のようだ。

「房江どのに、会わせてはいただけぬか」

溝口が声を強くして言った。

すると、そばにいた北山が、

「われらは、房江どのの味方でござる。何としても、房江どのを助けたいと思い、こうして参ったのでござる」

と、訴えるような目をして言った。

「……」

ふたりが嘘を言っているようには見えなかった。

「早くせねば、鉄之助《てつのすけ》どのの命も危ういのです」

北山が言いつのった。

「鉄之助とは」

「田代《たしろ》鉄之助、房江どのの兄でござる」

「すると、新大橋ちかくで拘束された巡礼姿の若者が鉄之助どのか」

「いかにも」

「そうだったのか」

理由は分からぬが、お鶴は兄の鉄之助とともに巡礼に姿を変えて国許から出府してきたようである。そして、鉄之助だけが峰山たちの手で拘束されて連れ去られたのだ。

「房江どのは、どこに」

北山が訊いた。

「この長屋に房江という名の女子はおらぬ。わしが助けた巡礼姿の娘は、お鶴と名付けて長屋で匿《かくま》っている。それというのも、お鶴どのは己の名を忘れているのだ」

「己の名を忘れたとおおせか！」

溝口が目を剝いた。北山も驚いたような顔をして、源九郎を見つめている。

「いかにも、お鶴どのは過去のことを何も覚えておらぬ」

「ま、まことでござるか！」

「さよう、両親《ふたおや》の名も兄の名も、己が何をするために江戸へ出てきたのかも覚えておらぬ」

「す、すると、国許で起こったことも」

溝口が声を大きくした。

「覚えておらぬ。何か、よほど恐ろしい目に遭ったのでござろうな。それを忘れるために、記憶を閉ざしたのかも知れぬ」

「……！」

溝口は言葉を呑んだ。

「国許で何があったか、聞かせていただけぬか。わしも長屋の者も、お鶴どのを助けてやりたいと思っているだけで、黒江藩で何があったのか、まったく知らんのです」

お鶴が記憶を失ったのは、黒江藩の国許で起こった事件が原因ではないかと源九郎は思っていた。

「お話ししますが、実はわれらにもくわしいことは分からないのです。それを房江どのから訊きたいと思い、ここへ来たのです」

そう前置きして、溝口が話しだした。

房江の父、田代助左衛門《すけざえもん》は黒江藩で二百石を喰む大目付のひとりだったという。ところが、一月半ほど前の夜更、田代家に数人の賊が侵入し、助左衛門、妻の登勢《とせ》、ふたりの内弟子を斬殺して逃走した。なお、黒江藩には五人の大目付がいるそうである。

源九郎が予想したとおり、助左衛門は自邸に剣術道場をひらいて家臣の子弟に剣術を教えていたという。

翌朝、隣家の者がこの惨事に気付き、他の大目付に注進した。ただちに、徒目付《かちめ》、横目付《つけ》、などが動員され、藩内を探索したが賊は捕らえられなかったばかりか、その正体も知れなかったという。

「なぜ、賊が侵入したと分かったのです」

源九郎が訊いた。

「それは、黒装束の一団が屋敷から逃走するのを目にした者がいたからです。それに、屋敷内がひどく荒らされていました。ただ、屋敷を検分した大目付は、助左衛門のふたりの子、鉄之助どのと房江どのの姿がないことに気付き、あるいは、何かの理由でふたりが両親を斬って逃走したのではないかとも思ったようです」

「それで」

源九郎は話をうながした。

「それから五日ほどして、巡礼姿に身を変えた鉄之助どのと房江どのが国境の三《み》笠峠《かさとうげ》を越えるのを猟師が目撃したのです」

溝口によると、三笠峠は領内から羽州《うしゅう》街道へ出る峠で、羽州街道、七《しち》ケ宿《かしゅく》街道、奥州《おうしゅう》街道とたどって江戸へ出るという。

「それで、ふたりは江戸へむかったと分かりました」

溝口が言った。

鉄之助と房江が三笠峠で目撃されたことが分かった翌日、溝口と北山は、別の大目付、島根兵部《しまねひょうぶ》に呼ばれたという。溝口と北山は島根の配下の目付だった。

「溝口、北山、その方たちは、田代が三好沼《みよしぬま》の干拓事業を内密に調べていたのを知っておるか」

島根は声をひそめて訊いた。

「いえ、存じませぬ」

溝口が答え、北山もうなずいた。ふたりとも干拓事業のことは知っていたが、田代が探索していることは初耳だったのである。それというのも、大目付は家老職の命で隠密裡に動くことが多く、他の大目付や目付などにも、調査内容を洩《も》らさないからである。

なお、三好沼の干拓事業というのは、領内の西部の湿地帯にある三好沼の水を近くに流れる若瀬《わかせ》川に落とし、新田をひろげる工事である。

「ふたりも承知のとおり、この普請には莫大な金がかかっておる。この普請を強く提唱したのは国家老の内藤宗重《ないとうむねしげ》さまだが、内藤さまは郷田屋《ごうだや》に出費させることを条件に殿の承諾を得て、一昨年の秋から普請を開始した。……そこもとたちも知っておろうが、普請に直接かかわったのは、普請奉行の槙江《まきえ》どのと勘定奉行の河出《かわで》どのだ」

郷田屋というのは領内では屈指の豪商で、藩の専売である米の売買を郷田屋にまかせるという条件で、普請代を低利で借りることになっていた。また、槙江信《しん》蔵《ぞう》と河出彦右衛門《ひこえもん》は、内藤の腹心であった。

「ところが、郷田屋からの金の一部が内藤さまのふところに流れているという噂があってな。中老の牧野忠之助《まきのただのすけ》さまが、ひそかに田代を呼んで内偵させていたのだ。……その探索がかなり進んだとみられるころ、今度の事件が起こったわけだ」

　現在、黒江藩の勢力は二分されているという。

　一方の旗頭が国家老の内藤宗重で、もう一方が江戸家老の野沢与左衛門《のざわよざえもん》だそうである。

　野沢派と内藤派は前々から対立していたが、この干拓事業を境に内藤派がしきりに揺さぶりをかけ、野沢派は劣勢に立っていた。

　野沢派の重臣である中老の牧野忠之介と島根は、何とか劣勢を巻き返そうという気もあって内藤が中心になって進めている干拓事業に目をひからせていた。そうしたおり、郷田屋から不正な金が内藤に流れているという噂を耳にし、田代に内偵させていたのだという。

「盗賊を装って、内藤派の者が田代の口を封じた可能性が高いのだ」

　島根が語気を強めて言った。

「卑怯なことを！」

　話を聞いて、溝口と北山もそう思った。

「そこでな、巡礼に姿を変えて江戸へむかったという田代兄妹だが、何か目的があって領内を離れたはずなのだ。……江戸家老の野沢さまに、父親の調べた干拓事業にかかわる調書を直接とどけるためではないかな」

「……」

領内では、国家老である内藤派の勢力が圧倒的に強い。そのため、内藤派の警戒で、田代は調書を牧野にとどけることができず、江戸の野沢さまにお届けしろ、と兄妹に命じたのではないか、と島根が言い添えた。

「そうかもしれませぬ」

溝口も、何か理由がなければ巡礼姿などに身を変えて、江戸へむかうはずはないと思った。北山もけわしい顔でうなずいている。

「それでな、ふたりはただちに国許を発って田代兄妹を助け、無事調書が野沢さまの手に渡るように尽力してくれ」

「心得ました」

すぐに、溝口と北山は島根の許を辞去した。

九

「それで、われらは国許を発ち、江戸へむかったのでござる」

溝口が言った。

「なるほど、そのようなことがござったか」

源九郎にはかかわりのないことだったが、黒江藩内での野沢派と内藤派の対立や、お鶴が巡礼姿に身を変えて、江戸へ来た理由も理解できた。

「ところで、田代家は剣術の道場をひらいていたそうだが、流は」

と、源九郎が訊いた。

「田代どのは玄宗流《げんそうりゅう》の遣い手でござる」

溝口によると、玄宗流というのは領内に伝わっている土着の流派で、剣だけでなく槍、薙刀《なぎなた》、小太刀なども教授しているという。

「そうか」

源九郎は、お鶴が小太刀の技を身につけているわけが分かった。予想したとおり、父親から教えられたようだ。お鶴に、稽古中、房江と声をかけたのは、父親の田代助左衛門であろう。

「垣崎は玄宗流の遣い手ではないかな」

「そのとおりです。垣崎は若いころ田代道場に通い、領内では剣名を謳われた男でござる」

「やはりな」

あの特異な八相は玄宗流のものらしい。

「垣崎と沢口は、内藤の片腕でもある普請奉行の槙江信蔵の配下で、槙江とともに江戸へ来ているのです」

溝口によると、垣崎たちも田代兄妹を追って国許から江戸へ来たのだという。

なお、内藤派で国許から兄妹を追って上府したのは、垣崎、沢口、下田《しもだ》文蔵《ぶんぞう》、それに小太刀をよく遣う宇津木《うつぎ》平八《へいはち》の四人だそうである。また、峰山は江戸定府で、ほかにも数人の江戸定府の家臣が、垣崎たちと行動を共にしているという。

「なるほど」

源九郎は、垣崎たちがお鶴と兄の鉄之助を拘束し連れ去ろうとした理由が分かった。垣崎たちは兄妹が江戸へ持参したであろう、三好沼干拓に関する調書を奪おうとしているにちがいない。

……まだ、その調書は見つかっていないようだ。

そのため、垣崎たちは執拗《しつよう》にお鶴の行方を追っているのではあるまいか。鉄之助が持っていなかったか、あるいは持っていたのは一部で、まだお鶴が所持していると思っているにちがいない。

……お鶴が、調書を所持している様子はなかったが。

着衣にも隠してなかったし、笈《おい》のなかにも書類などなかった。お鶴の記憶がもどれば、その調書のことも分かるだろうが、いまのままではお鶴自身にも分からないのではあるまいか。

「それで、垣崎たちに連れ去られた兄の鉄之助どのは、いまどこにいる」

源九郎は話題を変えた。できれば、お鶴と兄を会わせてやりたいと思ったのだ。それに、兄に会えば、お鶴の記憶がもどるかもしれない。

「それが、われらにも分からないのです」

溝口によると、江戸の藩邸内で、内藤派の家臣が巡礼姿の鉄之助を拘束してるらしいとの噂を聞き、上屋敷、下屋敷、中屋敷をそれぞれ探ったが、監禁されている様子はなかったという。

「そこもとたちは、お鶴どのがここにいると、どうして分かったのかな」

「昨日、峰山たちが藩邸を出るのを目にし、ひそかに尾けて、この長屋のことを知ったのです」

溝口が言った。

そのとき、北山が思いつめたような顔をして、

「華町どの、房江どのに会わせてはいただけまいか」

と、懇願するように言った。

「いいだろう。ただ、お鶴どのが記憶を失っていることを念頭に置いた上で話していただきたいが」

「わ、分かりました」

北山が声をつまらせて言い、溝口もうなずいた。

源九郎たち三人は井戸端ちかくで話していたので、お熊をはじめ長屋の女房連中や子供たちが大勢遠巻きにして三人の様子をうかがっていた。ところが、源九郎たちの話は穏やかだったし長引いたこともあって、ひとり去りふたり去りして、いまはお熊とお妙、それに子供たちが数人残っているだけだった。

源九郎たちがお鶴のいる部屋の方へ歩き出すと、様子を見ていたお熊たちも自分の部屋の方へ帰っていった。お鶴を連れに来たのではないと分かり安心したようだ。

「ここで、ござる」

源九郎が腰高障子をあけた。

お鶴は、座敷の隅に端座していたが、土間に入ってきた源九郎のそばにふたりの武士がいるのを目にして、不安そうな顔をした。

「房江どの」

ふいに、北山が声をかけた。お鶴を見つめた目に、訴えかけるようなひかりがあった。

お鶴は不安そうな表情をしたまま、助けを求めるように源九郎を見つめた。

源九郎がふたりのことを口にする前に、北山は上がり框《がまち》に手をつき、房江の方に身を乗り出し、

「北山真吾でござる。房江どの、真吾でござる」

と、声を大きくして言った。

十

「真吾さま、真吾さま……」

お鶴はつぶやきながら、食い入るように北山の顔を見つめている。北山が訴えかけるものを、懸命に感じとろうとしているようだ。

「そう、真吾でござる。片瀬《かたせ》町の真吾でござる」

北山は真剣な顔で言いつのった。

どうやら、北山とお鶴は何か特別な関係があるらしい。源九郎が傍らに立って

いる溝口に小声で問うと、

「実は、房江どのは北山の許嫁《いいなずけ》なのです」

と、耳打ちしてくれた。片瀬町というのは北山の屋敷のある地名だという。

……そういうことか。

源九郎は、北山がお鶴に会いたがっていたわけを理解した。

お鶴はちいさく首を振って、困惑するように顔をゆがめた。思い出せないらしい。

「北山どの、お鶴どのはいずれ記憶をとりもどす。焦らぬことが大事だ」

源九郎が静かな声音で言うと、

「分かって、おります」

北山は悲痛な顔をしてうなずいた。北山にすれば、あまりにお鶴が痛ましく、臓腑を抉《えぐ》られるような思いがあるのかもしれない。

北山に代わって、溝口が言った。

「拙者、黒江藩の溝口信平でござる。房江どの、そなたの父上から何か預かってこなかったかな」

溝口はおだやかな声音で訊いた。

「わ、分かりませぬ」

お鶴は小声で答えた。不安そうに視線が揺れている。

「では、そなたの身辺に書状のようなものはないかな」

溝口は別の訊き方をした。

「そのようなものは何も……」

お鶴は首を横に振った。

源九郎が脇から、

「実は、わしらもお鶴の身元の分かるような物はないかと、所持品などを見せてもらったのだが、まったくそのような物はないのだ」

と、言い添えた。

「さようでござるか。では、兄の鉄之助どのが持っていたのかな」

溝口がそう言うと、お鶴がすぐに、

「わたくしの兄は、鉄之助ともうすのですか」

と、訊き返した。

「そうです。鉄之助どのの名もお忘れか」

溝口の顔に哀切と落胆の入り交じったような表情が浮いた。

それから、溝口はお鶴の父親の助左衛門や母の登勢の名を出して訊いたが、やはりお鶴は思い出さなかった。

溝口はいっとき黙考していたが、

「華町どの、藩邸内には内藤派の目があり、すぐに房江どのを引き取ることはかないませぬ。ですが、ただちにご家老と相談し適切な処置をとりますゆえ、それまで房江どのを匿ってはいただけまいか」

と、源九郎を見つめて言った。

「かまわぬが」

源九郎は、この場でお鶴を引き取ると言われても、現状のまま帰すつもりはなかった。いま、お鶴は黒江藩の家臣の娘の房江ではない。翼を痛めて飛べなくなった哀れな鶴なのである。せめて、記憶を取り戻すまでは、長屋で守ってやりたいと源九郎は思ったのだ。

「では、今日のところはこれにて」

溝口は丁寧《ていねい》に頭を下げてから、きびすを返した。

「房江どの、すぐにおむかえにまいりますぞ」

北山はお鶴に声をかけ、心を残した表情を浮かべて戸口から出ていった。

お鶴は戸口まで出てきて、遠ざかっていく北山の後ろ姿を見送り、

「真吾さま、真吾さま……」

と、つぶやいていた。

北山が許嫁であったことまでは思い出せないが、自分にとって特別な人だと感じ取っているのかもしれない。

第三章　小太刀

一

源九郎は腰高障子をあけて、外に目をやった。はぐれ長屋は夜陰につつまれている。

六ッ半（午後七時）ごろだった。長屋の各部屋からは灯《ひ》が洩《も》れ、女房や子供の声、亭主のがなり声などが聞こえていたが、屋外に人のいる気配はなかった。十六夜の月が皓々《こうこう》と照り、肌を刺すような寒気が長屋をおおっている。

源九郎は戸口から顔を出して外の様子をうかがっていたが、

「出られそうだぞ」

と、振り返って言った。

長屋の住人は起きているが、外に人影はなかった。

土間には、菅井とお鶴が立っていた。菅井は手ぬぐいで頰っかむりし、お鶴は黒の頭巾をかぶっていた。

「行こう」

源九郎が外へ出ると、お鶴が後ろから、さらにその後ろを菅井が跟《つ》いてきた。長屋の者に隠して、お鶴を今川町の浜乃屋に連れて行こうというのである。菅井は垣崎たちに襲われた場合を考えての護衛である。

三人は長屋の木戸を出て、竪川沿いの道へむかった。何度か後ろを振り返って見たが、尾《つ》けている者はいない。

竪川沿いの道から大川端へ出て、今川町へと急いだ。まだ、宵の口だが寒さのせいか、大川端に人影はなかった。

浜乃屋は大川端からすこし入った路地にある。屋号の入った掛行灯《かけあんどん》に灯がともり、なかから男の話し声が聞こえた。何人か、客がいるらしい。

格子戸をあけると、すぐに座敷があり、間仕切《まじき》りの衝立《ついたて》のむこうに職人らしい男が三人酒を飲んでいた。そばでお酌しているお吟の姿もあった。

「あら、旦那、いらっしゃい」

つい、と立ち上がり、お吟は嬉しそうな顔をしてそばに来たが、源九郎の脇にお鶴が立っているのを見て怪訝《けげん》な顔をした。菅井は知っているが、まだ、お鶴のことは知らないようだ。

「この娘《こ》は、お鶴さんだ。込み入った事情があってな」

源九郎がそう言うと、お鶴は頭巾を取ってちいさく頭を下げた。

お吟は、色白で端整な顔立ちのお鶴を見つめていたが、急に源九郎に身を寄せ、

「まさか、旦那のいい女《ひと》じゃァないでしょうね」

と、耳元でささやいた。

「馬鹿をもうすな。そのような女子《おなご》なら、ここに連れてくるか」

「それもそうだね」

お吟は、すぐに疑いを解いたようだ。

「酒の前に、お吟に頼みがあるのだがな」

源九郎は酒を飲んでいる三人の客の方に目をやって、奥の居間を使わせてもらえるか訊《き》いた。話を聞かれたくないのである。

浜乃屋は、ふだん土間のつづきの座敷しか客を上げないが、奥にお吟の使っている居間と寝間があった。源九郎はときおり、その居間を使わせてもらっていたのだ。

「いいよ。入っておくれ」

お吟は、三人を奥の居間に招じ入れた。

三人が居間に腰を落ち着けると、お吟も源九郎のそばに膝を折り、

「それで、あたしにどんな頼みがあるんです」

と、お鶴に目をやりながら訊いた。お鶴は、こわばった顔で目を伏せている。

「実は、お鶴さんは、わしらが勝手につけた名なのだ。お鶴さんは恐ろしい目に遭ってな、いままでの出来事をみんな忘れてしまったようなのだ。己の名も、両《ふた》親《おや》の名もな」

「ほんとかい」

お吟は驚いたように目を剝《む》いた。

「ああ、そうだ。しかも、黒江藩の者に命を狙われていてな。長屋にいてもらうわけにもいかず、ここに連れてきたのだ」

源九郎は、いままでの経緯をかいつまんで話した。菅井は脇で黙って聞いている。

「そうなのかい。かわいそうに」

お吟は、お鶴に同情したようだ。お鶴を見つめた目に憐《れん》憫《びん》の情がこもってい

る。

「そこでな。お鶴さんをここに匿《かくま》って欲しいのだ。匿うといっても、店に出すなというのではないぞ。むしろ、店を手伝った方が不審をいだかれないだろう」

源九郎は、わしも、ときおり様子を見にくるようにする、と言い添えた。源九郎の胸の内には、それを口実に、お吟とも逢えるという下心がないでもなかったのだ。

「お鶴さん、こんな店だが、手伝ってくれるかい」

お吟がやさしい声で訊いた。

「はい、いろいろ教えてください」

そう言って、お鶴はお吟にもう一度頭を下げた。

「お鶴さんのような人がいてくれたら、この店も繁盛するよ」

「そうだな」

源九郎も、お鶴が店に出れば、若い男の客が増えるだろうと思った。

「旦那、すぐにお酒の用意をするから、飲んでいっておくれ」

お吟はそう言い残して、居間から出ていった。

その夜、源九郎は半刻（一時間）ほど飲んだだけで切り上げた。お吟もいつものように源九郎にひっついて色香を振りまいたりしなかった。菅井やお鶴の前で、浮ついた真似はできなかったのであろう。

「華町さま、溝口さまや北山さまとお会いなさるのですか」

浜乃屋の戸口までお吟とともに送り出したお鶴が、源九郎に小声で訊いた。溝口はともかく、北山のことが気になっているのかもしれない。

「ちかいうちに、会うことになろうな」

源九郎はむこうから会いにくるだろうと思っていた。

「兄や両親のことが知れたら、お知らせいただけないでしょうか」

お鶴が、哀願するような目で源九郎を見つめながら言った。

「分かった。知らせよう」

そう言ったが、源九郎は内心どうしたものか迷った。お鶴は両親が何者かに殺されたことも忘れているようなのだ。それを知ったら、強い衝撃を受けるはずだ。あるいは、さらに記憶をとざしてしまうかもしれない。

「では、気をしっかり持ってな」

源九郎はそう言い置いて、菅井とともに浜乃屋を後にした。

ふたりは短い影を曳きながら、大川端の道を本所の方へむかった。新大橋のそばまで来たとき、源九郎は、お鶴を助けたときのことを思い出した。

……たしか、八重の顔を見にいった二日後だったな。

胸の内でつぶやいたとき、アッ、という声が、源九郎の口から洩れた。

「華町、どうした」

菅井が足をとめて訊いた。

「忘れていた」

「なにを忘れたのだ」

「孫娘の宮参りだ」

お鶴のことにかまけて、八重の宮参りをすっかり忘れていた。すでに、約束した百日目は過ぎている。

おそらく、姿を見せない源九郎をなじりながら、親子四人で宮参りを済ませたにちがいない。いや、君枝は義父が顔を出さず、親子四人水入らずで出かけられたことを内心喜んだかもしれない。いずれにしろ、済んでしまったことである。

「お鶴どのには、振りまわされるな」

菅井が苦笑いを浮かべて言った。

「わしもそうだが、とくに男どもは、哀れな娘に弱いからな」

源九郎はそう言って、夜空を見上げた。寒月が皓々と照っている。

寒月を見たせいか、源九郎は冬になると飛来する鶴の端整な姿を思い浮かべた。鶴はその美しい姿から、吉祥、長寿の鳥として崇められている。長屋の者たちの胸の内にも、鶴が吉祥を運んできた娘のような思いがあるのかもしれない。

二

溝口と北山がはぐれ長屋に姿を見せたのは、源九郎たちがお鶴をお吟に預けた二日後だった。

その日、朝から小雪が舞っていた。

戸口に立った北山は、部屋にお鶴の姿がないのを見て、

「お鶴どのは、どうされたのです」

と、心配そうな顔をして訊いた。

「別の場所で匿っている」

源九郎は、垣崎たちにお鶴がいることを知られているので、長屋に置いておけないことを話した。

「それで、どこに？」

「いずれ話すが、いまは長屋の者にも隠しているのでな」

しばらく北山とも会わぬ方がいいだろう、と源九郎は思った。

北山は残念そうな顔をしたが、それ以上は訊かなかった。

「ところで、用件は」

源九郎が訊いた。

「ご家老に事情をお話ししたところ、ぜひ、お会いしたいとの仰せでしたので、華町どののご都合を訊きにまいったのです」

溝口が北山に代わって言った。

「見たとおりの牢人暮らしゆえ、いつでもかまわぬが」

「なれば、これからわれらとご同行いただけようか」

「かまわぬが。……そうだ、この長屋には菅井紋太夫という居合の達人がいてな。お鶴どのを守ってくれていたのだが、連れていってもよろしいかな」

朝から雪模様で、菅井は長屋でくすぶっているはずである。どうせなら、菅井にも話を聞かせた方がいいと源九郎は思ったのだ。

「そのような御仁がおられるなら、ぜひ、ご同行いただきたいが」

「すぐ、呼んでまいる」

そう言い残して、源九郎は戸口から出ていった。

いっときすると、源九郎は菅井を連れてきた。溝口たちと初めて顔を合わせた菅井は、挨拶を交わした後、源九郎とともに溝口たちにしたがった。

溝口たちが連れていったのは、愛宕下の青蓮寺《せいれんじ》という古刹だった。溝口によると、江戸家老の野沢与左衛門の妻の生家の菩提寺で、野沢は住職と昵懇《じっこん》にしているという。

庫裏の座敷に、三人の武士が端座していた。手炙《てあぶ》りを前にして座っている初老の武士が野沢らしい。小柄で皺《しわ》の多い顔をしていたが、鼻梁《びりょう》が高く鋭い目をしていた。いかにも能吏らしい顔付きである。

その脇に、屈強の武士がふたり、座していた。護衛役も兼ねた藩士であろう。

「野沢与左衛門でござる。御足労をおかけし、もうしわけござらぬ」

源九郎と菅井が対座すると、野沢がおだやかな声で言った。家老職にしては、丁重な物言いである。

「華町源九郎にございます」

源九郎が辞儀すると、菅井が、牢人、菅井紋太夫にございます、と言って低頭した。

すぐに、溝口が野沢に耳を寄せて、菅井のことを紹介した。野沢は、分かったというふうにうなずいた後、

「こたびは、当藩のことでご尽力いただいたそうで、礼をもうします。……ところで、田代房江は記憶を失っているそうですな」

と、話を切り出した。

「いかさま」

「書類らしき物は持っていなかったとか」

「おりませんでした」

「うむ……。となると、田代鉄之助を取り戻して、事情を訊くことが先かもしれんな」

「して、鉄之助どのの所在は知れたのでございましょうか」

源九郎が訊いた。菅井は黙って、ふたりのやり取りを聞いている。

「それがな。いまだに、分からぬのだ」

野沢は残念そうな顔をした。

「国許で、房江どののご両親が何者かに斬殺されたそうですが」

源九郎は説明するのが面倒なので、お鶴ではなく房江の名を出して訊いた。

「そうなのだ。田代は玄宗流の達人だったのだがな。……押し入った者どもは、よほど腕が立ったのであろう」

「……」

「実はな、そこもとが垣崎にも後れを取らぬほどの腕だと耳にいたし、房江を匿ってもらうことの他にも頼みがあって来てもらったのだ。聞けば、同行された菅井どのも居合の達人とか。当方にとっては、願ってもないことでござってな」

そう言って、野沢は菅井にも目をやった。

「どのようなご依頼で、ございましょうか」

源九郎が訊いた。

「そこもとたちの剣の腕を、貸してもらいたいのだ」

「われらの剣を」

「さよう。藩内の恥を他言するのは心苦しいが、実はわが黒江藩内には執政上の対立がござってな。田代もそのために犠牲になったのだが、鉄之助と房江の上府に合わせ、敵対する内藤派の者が四人、江戸へまいったのだ」

「……」

そうした事情は、溝口から聞いていた。垣崎、沢口、下田、宇津木の四人が内藤派で、鉄之助たちを追って江戸へ来たのだ。

「三好沼の干拓にかかわる不正は聞き及んでると思うが、そやつらの目的は鉄之助と房江を拘束し、調書を奪取することだけではないのだ。われらに与《くみ》する者たちを暗殺する刺客でもある」

野沢の双眸《そうぼう》に、刺すようなひかりが宿った。

「刺客！」

「さよう。同じ家臣同士ゆえ安易に斬りはすまいが、自派の旗色が悪くなれば、躊躇《ちゅうちょ》せず凶刃をふるうであろう。……田代助左衛門を斬ったようにな」

どうやら、野沢は田代が内藤派の者に斬殺されたとみているようだ。

「しかも、遣い手は上府した二人だけではない。定府のなかにもおるのだ。溝口、そちから内藤派の腕の立つ者について話してくれ」

野沢が溝口に命じた。

「心得ました。……垣崎吉兵衛はご存じでござるな。垣崎と宇津木、それに工藤《くどう》市之丞《いちのじょう》なる手練《てだれ》が内藤派におるのです」

工藤も玄宗流の遣い手で、二年ほど前から勤番として江戸に在住しているという。

「田代が生きていれば別なのだが、いま、われらに与する者のなかに、剣で垣崎たちに立ち向かえる者がおらぬ。そこで、そこもとたちの手を貸して欲しいのだ」

溝口に代わって、野沢が言った。

「……………」

どうしたものか、と源九郎は思った。お鶴を助けてやるのは、やぶさかではないが、黒江藩内の政争にくわわって、一方に味方するのはどんなものであろう。正直なところ、源九郎には野沢派も内藤派もなかった。さらに、敵方には、垣崎、宇津木、工藤なる玄宗流の達者がいる。

菅井の方に目をやると、口をへの字にひき結んで憮然《ぶぜん》とした顔をしていた。菅井も、藩内の騒動にかかわりたくない気があるのだろう。

源九郎が黙っていると、野沢が、

「かかわりのない藩の騒動に、首をつっ込みたくないそこもとたちの気持は分かる。だが、房江に味方していただけるなら、おのずと、垣崎たちとやり合うことになるのではないかな。垣崎たちは、今後も房江を捕らえようとするはずだし、兄の鉄之助を監禁しているのも垣崎たちですからな」

「うむ……」

野沢の言うとおりだった。野沢派に味方しようがしまいが、お鶴を守ろうとすれば、垣崎たちとやり合うことになるのである。

「それに、ただとはもうしませぬ」

そう言って、野沢は脇に座していた壮年の武士に目配せした。

壮年の武士は立ち上がって奥へ引っ込んだが、すぐに袱紗《ふくさ》包みを手にしてもどってきた。

「百両、用意してござる。これは房江を助けていただいた礼と、われらに手を貸していただく手当てでござる」

野沢が源九郎と菅井を見すえながら、膝先に袱紗包みを置いた。顔は穏やかだが、双眸は射るようにするどい。

……百両！

源九郎は胸の内で声を上げた。野沢は源九郎と菅井の腕を百両で買いたいと言うのである。隠居した痩せ牢人には途方もない大金である。

チラッ、と菅井に目をやると、憮然とした顔はしているが、目がやる気になってひかっていた。はぐれ長屋の用心棒としては、思ってもみない大きな仕事なのである。

「引き受けましょう」

源九郎が言うと、菅井もうなずいた。

三

「ひゃ、百両か!」

孫六が目を剝いて声を上げた。茂次と三太郎も、息を吞んで源九郎の膝先の金を見つめている。切餅《きりもち》が四つ、ひらいた袱紗の上に並べられている。

源九郎の部屋に、いつもの五人の男が集まっていた。源九郎、菅井、孫六、茂次、三太郎である。

「やっぱり、お鶴さんはただの巡礼じゃァなかったぜ」

茂次が言うと、

「あっしは端《はな》からそう思ってたんだ。なにせ、鶴は吉を呼ぶ鳥だからな」

孫六がしたり顔でつづけた。

「さて、この金をどうするかだ」

源九郎は四人の顔を見まわした。百両の金を手にしたときから菅井とふたりだけで手にするつもりはなく、五人で分けるつもりでいた。むろん、菅井も同意している。

「旦那方ふたりが、もらった金だ。好きなように分けてくれ」

茂次が言うと、孫六と三太郎もうなずいた。

「それでは、こうしよう。まず、お鶴どのに、十両……」

お鶴はお吟の世話になっていたが、手元に金がなければ心細いだろうと前から思っていたのだ。

源九郎は切餅の紙を破り、一分銀を四十枚、脇へ置いた。切餅は一分銀を百枚、二十五両を方形にして紙に包んだものである。

「つぎに、わしらの飲み代として十両。……そして、わしら五人に、十両ずつだ」

そう言って、源九郎は五人の膝先に一分銀を四十枚ずつ置いた。

三太郎が膝先の一分銀の山を見て、

「こ、こんなに、遣いきれねえ」

と言って、ゴクリと唾を飲み込んだ。

「そして、残りの三十両は、お鶴どのからの礼だと言って、長屋の者たちに分けたい。お鶴のことでは、何かと世話になっているからな。どうだな、それで」

源九郎は一同を見渡した。

「いい、それでいい」

孫六が声を上げ、他の者もうなずいた。

五人の男たちが膝先の一分銀をそれぞれの財布や巾着にしまうのを見てから、

「さっそく、飲み代の十両を遣わねばならぬな」

と、源九郎が言った。

「行きやしょう、行きやしょう」

孫六が勢いよく立ち上がった。

五人の男たちは、それぞれの金をふところに入れたまま勇んで亀楽へとくり出した。


翌朝、源九郎は五ツ（午前八時）過ぎに目を覚ました。戸口の腰高障子が、冬の陽射しにひかっている。長屋は静かだった。男たちは仕事に出かけ、女房連中は朝餉《あさげ》の片付けを終えて一休みしているころであろう。昨夜、久し振りで深酒したせいか、寝過ごしたようである。

源九郎は流し場で顔を洗うと、昨夜帰りしなに元造が持たせてくれた握りめしを取り出した。湯を沸かすのが面倒だったので、水を飲みながら食っていると、戸口の障子に人影が映った。

「旦那、起きてますかい」

孫六である。

昨夜、亀楽で飲みながら源九郎たちは、まず、鉄之助の所在をつきとめて助け出そうということになった。源九郎と孫六で、黒江藩の上屋敷と下屋敷をまわり、菅井はひとりで中屋敷を探ってみることになった。それに、源九郎は立ち合う前に、宇津木と工藤の顔だけでも見ておきたかったのである。

三太郎と茂次は長屋をまわって金を配り、それが済んだら源九郎たちとともに鉄之助の所在を探る手筈になっていた。

「ああ、入ってくれ」

源九郎が声をかけると、すぐに障子があいた。

「いまごろ、朝めしですかい」

孫六はあきれたような顔をした。

「どうだ、ひとつ食うか」

まだ、筍《たけのこ》の皮に包んであったにぎりめしがひとつ残っていた。

「けっこうで。あっしは、めしを食ってきやしたからね」

「そうか。では、わしが」

源九郎はひとつ残ったにぎりめしも平らげ、湯飲みの水を一気に飲み干した。

「まったく、見ちゃァいられねえ。早《はえ》えとこ、お吟さんといっしょになって、やもめ暮らしから足を洗ったらどうです」

孫六は露骨に顔をしかめて言った。孫六も、源九郎とお吟の仲を知っていたのだ。

「馬鹿をいえ、孫がふたりもいる身で、若い女といっしょになれるか。わしはいいが、お吟がかわいそうだ」

「もっともで」

孫六も同感らしく、それ以上お吟のことを口にしなかった。

「出かけるか」

源九郎は立ち上がり、刀を腰に差した。

「へい」

ふたりは、戸口から表に出た。

風のない穏やかな晴天だった。大気が澄み、清々しい朝である。源九郎と孫六が井戸端で、お熊たち女房連中が数人、集まっておしゃべりをしていた。源九郎と孫六の姿を見かけると、

「旦那、お鶴さんはやっぱり福の神だったねえ」

と、満面に笑みを浮かべて言った。他の女房連中も、こぼれるばかりの笑顔である。茂次と三太郎が配った金を手にしたらしい。さっそく、井戸端に集まってお鶴の噂話をしていたのであろう。

「鶴は吉祥の霊鳥だからな」

源九郎はもっともらしい顔で言った。

「それに、お鶴さん、高貴の出だそうじゃァないですか」

お熊が目を細めて言った。

お熊たちには、今お鶴は遠縁の者の家に世話になっているとだけ伝えてあったが、茂次たちが、お鶴の身内の高貴なお方からいただいたものだ、とか何とかもっともらしく言って、金を配ったにちがいない。

「お鶴が、長屋の者によろしくと言ってたぞ」

「こういうことなら、もっと、大事にすればよかったと、みんなで話してたんだ

よ」

「そうだな」

源九郎は、それ以上女房たちのおしゃべりにはくわわらず、その場を離れた。

井戸端では、源九郎たちが立ち去った後も、おしゃべりがつづいていた。分配した三十両の金はしばらくの間、長屋の暮らしを潤してくれるだろう。その恩恵が残っている間は、お鶴の噂話もつづくはずである。

その日、源九郎と孫六は、まず愛宕下にある黒江藩上屋敷へ行ってみた。上屋敷は大名屋敷のつづく、愛宕下大名小路の一角にあった。

「旦那、あの屋敷で」

孫六が指差した。

豪壮な長屋門を構え、通りに沿って家臣の住む長屋がつづいていた。七万石にしては、豪華な屋敷である。

「見るだけだな」

孫六によると、屋敷の四方を長屋と築地塀でかこわれているので、なかの様子を覗《のぞ》くこともできないという。

それでも、源九郎と孫六は、ひととおり上屋敷のまわりをめぐってみた。途中、藩士らしい供連れの武士ともすれちがったが、素知らぬ顔で通り過ぎた。

上屋敷を見た後、源九郎たちは赤坂に足を運んだ。下屋敷を見てみようと思ったのである。

下屋敷の敷地は上屋敷よりひろかったが、表門はそれほど豪華ではなく、大身の旗本を思わせるような長屋門だった。周囲を築地塀がかこっていたが、なかに庭園もあるらしく樹木と板塀だけの場所もあった。

「鉄之助を監禁しておくとすれば、ここかもしれんな」

源九郎は、南側の庭園の方へまわれば、人目につかずに鉄之助を屋敷内に連れ込むこともできそうな気がした。

「門から出てくる中間をつかまえりゃァ、話ぐらい聞けますぜ」

孫六はそう言ったが、源九郎にその気はなかった。

中間が、溝口や北山から聞く以上のことを知っているとは思わなかったのである。

「それより、下屋敷に出入りする商人か職人から話を聞いた方が早いかもしれぬぞ」

江戸の大名屋敷には、藩主の家族以外にたくさんの家臣が住んでいる。その大勢の暮らしを支えるために、様々な御用商人や職人たちが出入りしているのだ。

「あっしが、屋敷へ出入りする植木屋でもみつけやしょう」

孫六はそう言ったが、すぐというわけにはいかなかった。あらためて出直すことになるだろう。

「今日のところは、これまでだな」

源九郎は、まず屋敷を見るだけのつもりで来たので、腰を入れて探索するのは明日からだと思った。

源九郎と孫六は下屋敷の裏手から離れ、細い路地を表通りへもどった。

そのとき、裏門のくぐり戸から武士がふたり姿をあらわした。痩身の沢口と六尺ちかい偉丈夫の武士である。偉丈夫の武士は、垣崎と同じ玄宗流の遣い手、工藤市之丞であった。ふたりは、路地の築地塀に身を寄せて、源九郎たちの跡を尾けていく。

源九郎と孫六は溜池の脇の道へ出ると、外濠沿いを日本橋方面へとむかった。

今日のところは、このまま長屋へもどるつもりだった。

沢口と工藤は、物陰や通行人の背後に身を隠しながら源九郎たちの跡を尾けていく。ただ、源九郎たちを襲う気はないようだった。源九郎たちが溜池のそばの寂しい通りへ出たときも、仕掛けようとはしなかったのである。

源九郎と孫六が京橋を渡り、人通りの激しい日本橋通りへ出ると、沢口と工藤はきびすを返して、もどっていった。今日のところは、沢口たちふたりも、源九郎たちが何をしようとしているか、探ってみただけなのかもしれない。

四

菅井は黒江藩中屋敷の裏門を見張っていた。木戸門である。その門の先に、大川の河口とそれにつづく江戸湊《えどみなと》の海原がひろがっている。白い波頭の立つ紺碧《こんぺき》の海上に白い帆を張った大型の廻船が浮かんでいた。

中屋敷の敷地はせまく、屋敷も豪勢な造りではなかったが、風光明媚《めいび》な地にあった。

付近の住人に聞くと、中屋敷は前藩主の隠居所として建てられたが、数年前に亡くなり、いまは藩主の療養と屋敷の一部が家臣の住居《すまい》として使われているという。

菅井は話の聞けそうな軽格の藩士か中間が門から出てくるのを待っていた。屋敷内に鉄之助が監禁されていないか聞き出すためである。

菅井は通りからすこし入った空地の灌木の陰にいた。この場に身をひそめて、一刻（二時間）以上経つが、話の聞けそうな者は姿を見せなかった。

……別の手を考えるか。

そう思い、菅井があきらめかけたときだった。

木戸門から羽織袴姿の武士がふたり出てきた。ふたりとも、二十代半ばであろうか。身装《みなり》が粗末なので、それほどの身分ではないだろう。

「しばらく、しばらく」

菅井は通りへ出て、後ろからふたりに声をかけた。

「そこもとは？」

長身の男が訝《いぶか》しそうな顔で誰何《すいか》した。

「菅山《すがやま》ともうす者でござる」

菅井は咄嗟《とっさ》に頭に浮かんだ偽名を使った。相手が敵か味方か分からないので、本名を名乗るわけにはいかなかったのである。

「して、ご用の筋は？」

もうひとり、面長で目の細い目をした武士が訊いた。

「そこもとたちは、黒江藩の方でござろうか」

「いかにも」

「実は、貴藩には垣崎吉兵衛どのという玄宗流の達人がおられると耳にしたのですが」

菅井は垣崎の名を出した。

「それで……」

ふたりの武士は、うさん臭そうな顔をした。菅井は総髪で無精髭が伸びている。どうみても主持ちの武士には見えない。

「垣崎どのが八相からくりだす妙手を、かわせる者はいないとか。……拙者も剣を学ぶひとりとして、それほどの遣い手なら、ぜひ一手ご指南いただきたいと思い、こうして訪ねてまいった次第なのです」

菅井は神妙な顔をして言った。

「たしかに、垣崎どのは玄宗流の達者だが、この屋敷にはいません。それに、垣崎どのは剣術の指南などしませんよ」

面長の武士が素っ気なく言って、その場を離れようとした。

「あいや、待たれよ。それはおかしい。拙者、垣崎どのが当屋敷にいると聞いてまいったのですぞ」

「何かのまちがいです。垣崎どのはおりません」

面長の武士が、突っ撥《つっぱ》ねるように言った。もうひとりの長身の武士も露骨に迷惑そうな顔をして菅井を見ている。

「そうか、分かりもうした。垣崎どのは、ゆえあって国許から巡礼姿に身を変えて出府されたと聞いている。そこもとたちからも、身を隠しているのでござろう」

菅井がそう言うと、面長の武士がうろたえた様子で、

「な、何を馬鹿な、巡礼姿の者などいるはずが……」

そこまで言いかけて、急に口をつぐんだ。

菅井の問いに不審をもったようだ。その顔に警戒の色が浮いた。

「そこもと、なぜ、そのようなことを訊く」

面長の男がけわしい顔で菅井に訊いた。もうひとり、長身の男も刀の柄に右手を添えて、菅井を睨《にら》んでいる。

「いや、赤岩《あかいわ》という貴藩の方に聞いたのでござる。……さようか、いないなら仕方がない。あきらめましょう」

菅井は頭に浮かんだ偽名を口にし、呆気なくその場から身を引いた。

ふたりの武士は肩透かしを食わされたような顔をして、その場につっ立ったまま遠ざかっていく菅井の後ろ姿を見送っている。

……すこし、強引過ぎたか。

菅井は賑やかな表通りに出ると、さて、どうしたものか、と思った。ふたりの武士とのやり取りでは、鉄之助が中屋敷にいるのかどうかはっきりしなかった。菅井の問いに、面長の武士がうろたえた様子を見せたので、あるいは屋敷内に監禁されていることを咄嗟に隠そうとしたからではないかとも思ったが、それだけで判断するのは無理である。

……別の者に訊くか。

菅井はそう思い、表通りでそば屋に入って腹ごしらえをしてから、また、裏門の見える灌木の陰に身を隠した。

いっときすると、中間がふたり姿を見せた。今度は袖の下をそれぞれに一朱ずつ握らせ、話を聞いたが、鉄之助らしき人物が監禁されているかどうか分からなかった。ただ、屋敷内の様子は知れた。ふだん、中屋敷内には十数人の藩士が寝泊まりしているという。ちかごろは、藩主や重臣はほとんど姿を見せることはないとのことだった。

陽が西の空にまわっていた。屋敷の影が長く通りに伸びている。菅井は灌木の陰から通りへ出た。今日のところは、これまでにしておこうと思ったのである。

菅井が通りへ出て半町ほど歩いたときだった。裏門から、ふたりの武士が姿を見せた。峰山と小柄な武士だった。小柄な武士はすこし猫背で猪首《いくび》、脇差だけを帯びていた。腕が妙に長い。顔が浅黒く、ギョロリとした目をしていた。この武士が、小太刀の遣い手、宇津木平八である。

ふたりは、物陰に身を隠しながら巧みに菅井の跡を尾けていく。

菅井は鉄砲洲の浪除稲荷《なみよけいなり》のそばを通り、八丁堀川にかかる稲荷橋を渡って八丁堀へ出た。右手に霊岸島を見ながら、亀島川沿いの道を北へむかって歩いていく。

菅井は背を丸めて歩いていた。川風が肌を刺すように冷たい。陽が家並のむこうに沈み、町筋に夕闇が忍んできていた。人通りがないせいか、左手につづく町家も表戸をしめている。

前方に霊岸島へ渡る亀島橋が見えてきたとき、菅井は背後から走り寄る足音を聞いた。見ると、武士体の男がふたり駆けてくる。

御家人か江戸勤番の藩士といった格好である。菅井はふたりの顔に見覚えがなかった。

菅井は足をとめた。自分に何か用があって、ふたりが駆けてくるように見えたのである。

ふたりの武士は白い息を吐きながら、菅井の前に立った。

五

「そこもとたちは？」

菅井が誰何した。黒江藩の者ではないかとの思いはあったが、ふたりだけだし、身辺に殺気もなかったので、さほど警戒しなかった。

ただ、小柄な武士が脇差しか帯びていないのが気になった。それに、妙に手が長い。動きも敏捷《びんしょう》そうである。

「ゆえあって名乗れぬ。おぬし、さきほど黒江藩中屋敷を探っていたようだが、だれに頼まれた」

峰山が訊いた。小柄な武士は、ギョロリとした目で睨《ねめ》るように菅井を見つめている。

「おふたりは、黒江藩ご家中の方か」

菅井が質《ただ》した。

「われらのことはいい。おぬしの名は」

峰山の声に威嚇《いかく》するようなひびきがくわわった。

「おれの名は、そこもとたちが名乗ってからだ」

「はぐれ長屋の者だな」

「だとすれば、どうする？」

はぐれ長屋の名を出したところをみると、お鶴とかかわりのある黒江藩士であろう、と菅井は踏んだ。

「われらと同道してもらいたい」

「断ったら」

「腕にかけても、連れていく」

峰山が刀の柄に右手を添えた。

脇に立っていた宇津木が、スッと身を寄せて腰の脇差を抜く気配を見せた。その猫背の体がさらに丸まったように見え、全身から痺《しび》れるような殺気が放射された。

……こやつ、小太刀を遣うのか！

菅井の脳裏に、溝口から聞いた宇津木平八の名がよぎった。

「おぬし、宇津木平八だな」

声を上げざま、菅井は一歩身を引いて左手で刀の鯉口を切った。居合の抜きつけの一刀を放つ、間合をとったのである。

「名を知られたからには、生かしておけぬな」

宇津木が抜刀した。

刀身は一尺三寸ほど。右手を前に突き出すようにして構え、腰が沈んでいる。切っ先はピタリと菅井の左目につけられていた。玄宗流小太刀の構えであろう。

すかさず、峰山も抜刀し、菅井の左手にまわり込んできた。ただ、すぐに斬り込んでくる気はないらしく、間を大きく取っていた。

宇津木に対峙した菅井は右手を刀の柄に添え、居合腰に沈めた。

「居合か！」

宇津木は菅井の身構えから居合を遣うことを看破したようだ。

ふたりの間合は、およそ三間。まだ、抜きつけの一刀をふるうには、遠間《とおま》だった。

菅井はすこしずつ間合をつめ始めた。居合は抜きつけの一刀が勝負である。正確な間積《まづ》もりと抜刀の迅《はや》さが勝負を分ける。

居合の抜きつけは、片手斬りのため通常の構えからの斬撃より切っ先が伸びる。そのため、すこし遠間から仕掛けられるのだ。

宇津木もジリジリと間をつめてきた。お互いが引き合うように、斬撃の間境へと身を寄せていく。しだいに剣気が高まり、ふたりの間には磁場のような張りつめた雰囲気がただよっている。

菅井の全身に気勢が満ち、斬撃の気配が満ちてきた。

イヤアッ！

突如、菅井が抜きつけた。

シャッ、という刀身の鞘走る音とともに閃光《せんこう》が弧を描いた。稲妻のような抜きつけである。

と、宇津木が前に跳びざま右手の脇差を撥ね上げた。

迅い！　獣が獲物に飛びかかるような敏捷な動きだった。

キーン、という金属音が、両者の顔面でひびいた。次の瞬間、菅井の刀身が撥ね返り、宇津木の体が泳いだ。菅井の斬撃が鋭く、宇津木も撥ね返すのがやっとで、体勢がくずれたのだ。

両者の動きはとまらなかった。

間髪をいれず、菅井は刀身を返して袈裟《けさ》に斬り下げた。

宇津木は体勢をくずしながらも脇へ跳び、菅井の右籠手《こて》を狙って脇差をふるった。

数合の攻防だった。他者の目には、その動きと太刀捌《たちさば》きは見えなかったかもしれない。それほどふたりの動きは迅かった。

ふたりは大きく間を取り、ふたたび対峙した。

菅井の右手の甲から血が流れていた。宇津木の着物の胸が裂け、胸板にうすい血の色がある。ただ、ふたりとも、切っ先で皮肉をうすく裂かれただけの浅手だった。

「居合が抜いたな」

宇津木の目が、獲物に迫る獣のように爛々《らんらん》とひかっていた。

初手は互角だった。だが、抜刀してしまえば、居合の力は半減する。

……だが、勝負はこれからだ。

菅井は宇津木と互角に戦えると踏んでいた。

菅井は下段に構えた。居合の抜きつけの呼吸で、斜に斬り上げるつもりだった。宇津木のふるう小太刀は、上からの斬撃を受けるのに長けているが、下からの斬撃に弱いような気がしたのだ。

ッ、ッ、と宇津木が身を寄せてきた。一気に勝負を決する気のようだ。

菅井は腰を沈め、斬撃の機をうかがった。宇津木が仕掛けた瞬間をとらえて、下段から逆袈裟に斬り上げるつもりだった。

宇津木が斬撃の間境に入った。

と、一歩踏み込みざま右手に構えた脇差で、菅井の胸を突いてきた。

すかさず、菅井が逆袈裟に斬り上げる。

が、宇津木は菅井の下からの斬撃を読んでいた。

オオッ！　と声を上げ、上体を後ろへそらして菅井の切っ先をかわし、次の瞬間、菅井の肩先へ斬り込んできた。一瞬の返し技である。

間一髪、菅井は脇へ跳んでその斬撃をかわしたが、左肩口の着物が裂けた。肌まではとどいていない。菅井は前につっ込むように走って間を取り、反転した。

菅井の目がつり上がり、総髪が乱れて顔にかかり、そうでなくとも陰気な顔が夜叉のような凄まじい形相になっていた。

なおも、宇津木が迫ってくる。

菅井は後じさりながら下段に構えた。やや腰が浮き、切っ先が乱れている。抜刀してから、菅井は宇津木に押されていた。

そのとき、左手の町家の間で、下駄の音が聞こえた。そこに路地があり、だれか出てきたようである。

「ひ、ひと殺し！」

突然、喉を裂くような女の声が上がった。

路地から通りに出てきた女が、目の前で総髪を振り乱して刀を構えている夜叉のような形相の菅井を目にし、仰天したらしい。

「き、斬り合いだ！」

つづいて、男の声がした。

飲み屋の女と船頭ふうの男である。ちかくに飲み屋でもあるのだろうか。

ふたりの出現で、宇津木の寄り足がとまった。すぐに身を引き、苦々しい顔をして構えた脇差をおろした。このまま勝負をつづけられないと思ったらしい。

「この勝負、あずけた」

宇津木は納刀し、反転した。

峰山もくやしそうな顔をして刀身を鞘に納め、宇津木の後を追った。

……命拾いしたようだ。

菅井は抜き身をひっ提げたまま呆然とふたりの後ろ姿を見送っていた。

「だ、旦那、何があったんで」

四十がらみの船頭ふうの男が、顔をこわばらせて訊いた。女は男の後ろに張り付き、おびえたような目を菅井にむけている。

「他流試合だ、剣のな」

菅井は納刀し、そんなところにつっ立っていると、風邪をひくぞ、と言い置いて、足早に歩きだした。

川風に長い総髪が乱れ、しゃくれた顎《あご》を前に突き出すようにして歩いていく菅井の耳に、

「おまえさん、怖いよ」

震えを帯びた女の声がとどいた。

六

源九郎は菅井が宇津木に襲われたと聞いて、黒江藩の藩邸を探索するのをやめた。源九郎の顔は峰山たちに知られていた。当然、狙われるだろう。相手がひと

りなら後れを取るようなことはあるまいが、垣崎や宇津木のような手練《てだれ》にふたりでかかられたら太刀打ちできないと思ったのである。

それに、藩邸の探索は顔を知られていない孫六や茂次にまかせた方が確実で、危険もすくなかった。

源九郎と菅井は別の手を考えた。溝口たちに相談し、敵方のひとりを捕らえて口を割らせようということになった。藩士同士で捕らえて詮議《せんぎ》するのはむずかしいが、源九郎のような牢人ならやり方によっては敵方に知られずに拷訊《ごうじん》することもできるだろう。

源九郎は、藩邸の住人より町宿《ちょうしゅく》の者の方が狙いやすいだろうと思った。それで、孫六から話を聞いていた松島町の町家に住む峰山に狙いをさだめた。

ところが、菅井とふたりで松島町にいってみると町家は留守だった。近所の住人に聞いてみると、このところ三日に一度ほど深編笠で顔を隠した武士が立ち寄るが、留守にしているときが多いという。

仕方なく源九郎は菅井と交替で松島町まで足を運び、峰山が立ち寄るのを待つことにした。

だが、源九郎たちが峰山を捕らえるより、敵方の動きの方が早かった。

この日、松島町へは菅井が行くことになっていたので、源九郎は今川町の浜乃屋に行ってみることにした。十両の金をお鶴に渡してから十日経つ。この間、一度も浜乃屋には行かず、お鶴のことが気になっていたのである。

源九郎は長屋の路地木戸から出るとき、通りの左右に目をやった。尾行者はいないか、確かめたのである。

八ツ（午後二時）ごろであろうか。すでに、冬の陽は西にまわり、家々の影が路上に伸びていた。その縞模様の影のなかを、風呂敷包みを背負った行商人、ぼてふり、町娘、武士、船頭などが行き来していた。町筋のいつもの見慣れた光景である。

源九郎が表通りを歩きだし、半町ほど進んだときだった。長屋につづく路地木戸の斜向《はすむ》かいにある天水桶の陰から、痩身の虚無僧が通りへ出てきた。天蓋《てんがい》をかぶっているので顔は見えないが、沢口彦右衛門である。

沢口は身を隠すでもなく、源九郎の跡を尾けていく。

源九郎は一度振り返り、虚無僧の姿を目にしたが、敵方の変装とは思わなかった。藩士と虚無僧が結びつかなかったのである。

源九郎は竪川にかかる一ツ目橋を渡り、大川端を川下へとむかった。川風は冷たかったが、穏やかな晴天だった。西陽を反射《はね》た川面が黄金色にひかり、ひかりのなかを客を乗せた猪牙舟《ちょきぶね》や荷を積んだ艀《はしけ》などがゆっくりと行き来している。

浜乃屋にお鶴はいた。縞柄の着物に片襷《かただすき》をかけた町娘のような姿がかわいかった。お鶴は、源九郎の顔を見ると嬉しそうに顔をくずし、

「お酒にしますか」

と、訊いた。小料理屋の手伝いも慣れたようである。

お吟にそれとなく、様子を訊くと、まだ、むかしのことは思い出せないようだということ。

「でもね、いい娘《こ》だよ。気立てはいいし、よく働くからね。ちかごろは、お鶴ちゃん目当ての若い客がだいぶ増えてね、お蔭であたしも大忙し」

お吟は、お鶴ちゃんには、ずっといてもらいたい、と目を細めて言い添えた。

「久し振りで酒をもらおうかな」

源九郎はすこしだけ飲もうと思った。

「はい、はい、奥の座敷に入ってくださいな」

お吟は機嫌よく源九郎を奥の座敷に案内した。

源九郎が浜乃屋に入っていっときしたとき、店先に身を寄せてなかの様子をう

かがう人影があった。天蓋をはずしていたが、虚無僧姿の沢口である。

沢口は、すぐに店先を離れた。なかにお鶴がいるのを目にしたのである。

その日、源九郎は店に行灯《あんどん》が点《とも》るころ、腰を上げた。お鶴に、お吟との仲を知られたくない気もあって、腰が落ち着かないのだ。それに、菅井や孫六たちが鉄之助の所在や敵方の動きを探っていると思うと、自分だけ酒を飲みながら鼻の下を伸ばしているのは気がひけた。

「また、来ておくれよ」

かえりしな、お吟は源九郎に身を寄せて甘えた声で言ったが、強く引きとめなかった。お吟もまた、お鶴の前では淫《みだ》らなことはしづらいようだし、源九郎とわりない仲であることは隠しておきたいようだった。

店の外に出て源九郎は、左右に目をやった。辺りは濃い夕闇につつまれ、頭上に星がまたたいていた。通りはひっそりとして、人影はない。

源九郎は、ふところから手ぬぐいを取り出して首にまいた。夜風が刺すように冷たかったのである。

源九郎が浜乃屋を出て、半刻（一時間）ほどしたときだった。どこからあらわれたのか、黒頭巾で顔を隠した武士が三人、店先へ駆け寄ってきた。

掛行灯の灯が落ち、店のなかから男の濁声《だみごえ》やお吟の嬌声などが聞こえていた。

「この店だな」

ひとりの偉丈夫が、くぐもった声で訊いた。工藤である。

「まちがいない、房江はここにいる」

答えたのは、沢口である。虚無僧姿から、武士体に身を変えていた。

「で、華町は？」

「すでに、半刻ほど前に店を出た」

もうひとりの武士が答えた。この男は下田文蔵だった。下田は沢口に代わって、物陰から浜乃屋を見張っていたのである。

「客はどうする？」

沢口が訊いた。

「放っておけばいい。下手に斬って、町方の探索を受けるのは面倒だからな」

そう言うと、工藤が戸口の格子戸をあけた。

座敷で、五人の客が飲んでいた。職人か船頭ふうの男たちである。お吟は客のそばで酌をし、お鶴は板場から小鉢の肴《さかな》をお盆にのせて運んできたところだった。

ふいに侵入してきた三人の武士を目にし、五人の客とお吟は息を呑み凍りついたように体を硬直させた。

一瞬、お鶴も身を硬くしたが、すぐに手にした盆を座敷に置くと、右手を手刀のように前に突き出して身構えた。咄嗟に、そうしたようである。

そのとき、お鶴の脳裏に侵入してきた黒装束の賊を相手に小太刀を構えている光景がよぎった。

時も場所も分からなかったが、同じような光景である。混沌とした記憶のなかに、その光景だけが鮮明に浮かび上がった。だが、お鶴にはその光景をたぐって記憶をとりもどす余裕はなかった。

賊が、すぐ目の前に迫ってきたのである。

「お、押し込みだ！」

客のひとりがひき攣《つ》ったような声を上げ、奥につづく廊下の方へ這《は》って逃れた。

他の客も悲鳴を上げながら、バタバタと廊下の方へ這っていく。お吟は顫《ふる》えながら、隅の板壁へ張り付いた。

そうした客やお吟に目もくれず、工藤が素早くお鶴の前に立ちふさがった。

「寄るな！」

お鶴は声を上げると、手刀で工藤の首筋を打とうとした。

工藤はよけなかった。わずかに体をひねって首筋への手刀を厚い胸で受け、お鶴の腹に当て身をくらわせた。

ウッ、と喉のつまったような呻《うめ》き声を洩らして、お鶴は失神した。その体を、工藤は軽々と肩に担ぎ、

「長居は無用」

と声を上げて、店から走り出た。沢口と下田も、すぐに戸口から飛び出した。

アッという間の出来事だった。お吟は工藤たちが出て行った後も、板壁に張り付いて顫えていたが、お鶴が連れ去られたことに気付くと、血相を変えて外へ飛び出した。

複数の足音が聞こえ、夜陰のなかに男たちの後ろ姿がかすかに見えたが、すぐに闇のなかに消えてしまった。

七

「だ、旦那！　華町の旦那！」

掻巻《かいまき》にくるまって、うとうとしていた源九郎は、女の甲高い声に目を覚ました。部屋のなかは濃い闇につつまれている。

……お吟のようだ。

ただごとではない。夜更けに、長屋へ駆け込んできたのである。

源九郎は掻巻を撥《は》ね除《の》けて飛び起きた。

急いで腰高障子をあけると、白い息を吐きながら蒼ざめた顔でお吟がつっ立っている。

「どうしたのだ」

「大変だよ、お鶴さんが！」

「お鶴どのがどうした」

「押し込んできた男たちに、連れていかれたんだよ」

「なに！」

しまった、と、源九郎は思った。内藤派の者たちにちがいない。お鶴が浜乃屋にいることを探り出して襲ったのだ。

「斬られなかったのだな」

「大男が、担いで連れていったんだ」

お吟は、三人の男が押し入ってきてお鶴に当て身をくれ、失神したところを肩に担いで逃げた様子を声を震わせて話した。

「うむ……」

兄の鉄之助と同様に連れ去ったようだ。調書の所在を訊きだすためであろう。

お吟の声を聞きつけたらしく、長屋の者がひとりふたりと集まってきて、戸口を遠巻きにして心配そうな顔をむけていた。お吟とのやり取りで、お鶴が何者かに連れ去られたことが分かったようだ。

菅井と茂次の顔もあった。孫六と三太郎の顔は、まだなかった。寝込んでいるのかもしれない。

「だ、旦那、どうするのさ」

お吟は、興奮と寒さで身を顫わせていた。

「今夜は、動きようがない。ともかく、明日だ」

源九郎は集まった長屋の者たちに、

「お鶴どのを連れ去った者は分かっている。わしらが、きっと、お鶴どのは助け出す。心配せずに、部屋へもどってくれ」

と、声を大きくして話した。

長屋の者たちも寒さが耐えがたかったとみえ、ある者は背を丸くし、ある者は身内と肩をくっつけ合って、それぞれの部屋へもどっていった。

「茂次、孫六と三太郎を呼んでくれ」

源九郎がそう言うと、茂次はすぐにその場を離れた。

小半刻(三十分)ほど後、源九郎の部屋に六人が身を寄せ合っていた。それぞれが持ち寄った搔巻や夜具に身をつつんで、寒さに耐えている。

源九郎がお吟から聞いた状況を話した後、

「すぐに、お鶴どのを殺すようなことはないだろう」

と、集まった男女に目をやりながら言った。

「それにしても、後手を踏んでるぞ」

苦々しい顔で菅井が言った。

行灯に浮かび上がった顔は総髪が額に垂れ下がり、頰がこけ、般若《はんにゃ》のように不気味である。

「そうだな」

確かに、峰山たちの方がやることが早かった。源九郎たちは、まだ鉄之助の所在もつかんでいないのである。

「やつら、お鶴さんがむかしのことを思い出せないのを知ってるんですかい」

茂次が訊いた。

「それは、どうかな」

いつ、お鶴が記憶を失ったかにもよるが、峰山たちは知らないような気がした。

「知らないとなると、白を切っているとみて、きつい聞き方をするかもしれやせんぜ」

茂次が顔をしかめて言った。

その可能性はあった。調書の在処《ありか》を隠すために記憶喪失を装っているとみなしたら、お鶴を拷問にかけるかもしれない。

お鶴の白い肌や端整な顔がたたかれ、傷ついて血にまみれる姿を想像するのは、堪え難かった。

「こうなったら、すぐにも仕掛けねばならんな」

菅井が言った。

「ど、どうしやす？」

三太郎が掻巻から首だけ突き出し、不安そうな顔で訊いた。

「こっちもひとり捕らえて、お鶴どのと鉄之助どのの監禁場所を聞き出すより他に手はあるまい。菅井、松島町の町宿の方はどうだ？」

「駄目だ。まったく姿を見せぬ。きゃつら、われらが見張っているのに気付いているのかもしれんぞ」

そうであれば、町宿にあらわれるのを待っていても無駄である。

「こうなったら、溝口たちにも動いてもらおう」

源九郎は、何か策を用いて、敵方のひとりを呼び出して捕らえるしか手はないと思った。

「ともかく、明日だ。総出で、やろう」

源九郎の言葉に、四人の男が無言でうなずいた。お吟も仲間のひとりのような顔をして、けわしい顔でうなずいた。

第四章　記　憶

一

燭台の火が、チロチロと闇を舐《な》めるように燃えている。

座敷のなかに、六人の男がいた。いずれも武士である。お鶴を浜乃屋から拉致《らち》してきた三人、それに屋敷にいた三人である。

お鶴は、ひとりを除いた五人の顔に見覚えがあった。兄の鉄之助（このとき、お鶴は新大橋のたもとで連れ去られた若い男が、兄の鉄之助であることに気付いていた）とともに、兄妹を連れ去ろうとした五人である。

六人の顔が、燭台の火に浮かび上がっていた。いずれも、恐ろしげな顔をしてお鶴を睨《にら》むように見すえている。

「房江、こうなったら、隠しだてはできぬぞ」

峰山が恫喝《どうかつ》するように言った。お鶴は男たちの会話から、この男が峰山という名であることを知った。

「わ、わたし、お鶴です」

お鶴は震えを帯びた声で言った。

お鶴は自分が房江という名らしいことに気付いていたが、過去を思い出すまで、お鶴でいようと思ったのだ。

「な、なに」

一瞬、峰山は機先を制されたように言葉につまったが、すぐに声を荒らげて言った。

「くだらぬ言い逃れをするな。そのようなことで、われらが騙されると思っているのか」

そう言って、赤ら顔の下田という男の方に顔をむけた。

「まちがいない。われらは国許で、房江の顔は何度も見ておる。房江、身装《みなり》を変えても、われらの目はごまかせぬぞ」

と、強い口調で言った。すると、そばにいた別のふたりの武士がうなずいた。

垣崎と宇津木である。

どうやら、峰山はお鶴の顔を下田たちに確認したようだ。

「……」

三人の武士は黒江藩の領内にいた房江のことを知っているらしい、とお鶴は気付いた。

「房江、国許より持参した調書はどこにある」

峰山が訊《き》いた。

「し、知りませぬ」

嘘ではなかった。お鶴自身にも、思い出せなかったのだ。

「この期に及んで、まだ言い逃れようというのか」

峰山の顔が怒気で赤く染まった。

「何のことか、わたしには分かりません」

お鶴は消え入るような声で言った。

「白を切るな」

言いざま、峰山がお鶴の襟元をつかみ、

「喋らねば痛い目をみるぞ。兄の鉄之助のようにな」

と、睨《ねめ》るような目で見ながら言った。双眸《そうぼう》が残忍そうにひかっている。

「……！」

兄はこの男たちの手で拷問を受けたのではあるまいか、とお鶴は思った。

「言え！　調書はどこに隠した」

「知りませぬ」

お鶴には、そう答えるしかなかった。

「鉄之助が持っていない以上、おまえしかいないのだ。調書はどこにある！」

峰山はお鶴の襟を絞めながら声を荒立てた。

「………」

お鶴は必死に首を横に振った。

「おのれ！　われらを愚弄するか」

言いざま、峰山がお鶴の頬を平手でたたいた。

顔が横にかしぎ、目から火花のようなものが飛んだような気がした。

頬がジンジンと鳴り、火のように熱い。唇を切ったらしく、血がたらたらと顎《あご》から滴り落ちている。

「調書はどこだ！」

「し、知りませぬ」

「おのれ！」

峰山が、反対側の頬に平手をくれた。

さらに強い衝撃だった。お鶴は顔全体が熱く膨れ上がったような気がした。

「おい、青竹があったな」

峰山は残忍な目をして、持ってきてくれ、と頼んだ。

下田がすぐに立ち、隣の部屋から四尺ほどの青竹を持ってきた。

「房江、しゃべらねば、痛い目をみるぞ」

峰山はお鶴の脇に立って言った。

お鶴は首を横に振るしかなかった。隠すも隠さないもなかった。お鶴は思い出せなかったのである。

峰山が青竹を振り下ろした。お鶴の背に焼き鏝《ごて》を当てられたような激痛が疾《はし》った。

「喋れ！　喋らぬか」

峰山は甲走った声を上げながら、青竹を振り下ろした。その都度、お鶴は身を反らせ、呻《うめ》き声を洩らし、首を激しく振った。

島田髷《まげ》がくずれ、ざんばら髪が青白い顔を覆い、唇から血が流れ出ている。お鶴の顔には、幽鬼を思わせるような凄愴《せいそう》さがあった。

「待て、そこまでにしておけ」

中背の目付きの鋭い男がとめた。お鶴は名を知らなかったが、垣崎である。

峰山は青竹を下ろした。若い娘を打擲《ちょうちゃく》していて嗜虐《しぎゃく》的な気分になったのか、目が異様なひかりを帯びている。

「殺してしまっては何にもなるまい。なに、焦ることはない。白状しなくとも、われらは鉄之助と房江を押さえているのだ。すくなくとも、調書が野沢派の手に渡ることはないはずだ」

「それもそうだな」

峰山は手にした青竹を脇に置いた。いくぶん興奮が覚めたのか、双眸の異様なひかりが薄れていた。

「房江、今夜のところはこれまでにしておくが、明日はかならず話してもらうぞ。おまえが話さねば、鉄之助の命もないと思え」

そう言うと、峰山は下田に声をかけ、ふたりでお鶴を廊下をへだてた隣の部屋へ連れていった。

そこは板張りの狭い部屋だった。峰山たちは、お鶴を部屋の隅の柱に後ろ手に縛り、猿轡《さるぐつわ》をかませて出ていった。

板壁に連子窓があり、青白い月光が射し込んでいる。お鶴は、床板に伸びた淡い青磁色の月明りに目を落とした。

二

全身が火のように熱かった。まるで太鼓でもたたいているように、体中で叫び声を上げている。その痛みが、お鶴に何か訴えかけているような気がした。

お鶴は、膝先へ伸びている淡い月光に目を落としたまま、自分を拷訊《ごうじん》した六人の男たちのことを思った。何人かは、ずっと以前にも、どこかで見たような気がしたが、思い出せなかった。ただ、いくらか分かってきたこともある。自分の名は房江で、兄の名は鉄之助。巡礼姿で兄とともに黒江藩の領内から江戸へ出てきたようなのだ。

お鶴は頭のなかにある記憶の糸をたぐってみた。はっきり覚えているのは、巡礼姿で若い男（そのときは、鉄之助という名の兄とは思っていなかった）と、奥州街道を旅しているときから後のことだった。兄は鉄之助とは名乗らずに仙蔵《せんぞう》と名乗り、お鶴のことも滝江《たきえ》と呼んでいた。おそらく、追っ手を欺くために偽名を遣ったのであろう。

兄は旅しながらも、たえず街道筋に目をくばり、用心して旅籠《はたご》などにもあまり泊まらなかった。寺社の堂や祠《ほこら》に泊まったり、ときには雑木林の落葉を集めて、そのなかで寝たりした。街道から逸れて、わざと脇道をたどったこともあり、旅程はかなり遅れていたようである。

兄はときどき、お鶴にいたわるような目をむけ、

「江戸へ出れば、われらの任務も終わるし、そなたの許嫁《いいなずけ》にも逢える。そうすれば、きっと記憶ももどろう」

そう励ますように言った。

福島、白河、宇都宮と旅をつづけたが、兄の恐れている追っ手の姿を見かけることはなかった。

宇都宮から日光街道となり、草加まで来ると、江戸が目前ということもあって、兄はいくぶん警戒を解いたようである。

ところが、浅草御蔵の前を過ぎ、浅草御門を渡って両国広小路の雑踏を抜けたときだった。背後を振り返った兄が、

「尾《つ》けられている」

と、ひき攣《つ》ったような声で言った。

見ると、羽織袴姿の武士が三人、すこし間を置いて深編笠で顔を隠した別の武士がふたり足早に迫ってくる。

「逃げよう」

兄は駆けだした。お鶴も後を追った。

背後の五人も走りだした。お鶴はどこをどう逃げたか分からなかった。賑やかな通りを抜け、ごてごてした町家が軒を連ねる路地を走り、大きな川の岸辺へ出た。大川である。

さらに、ふたりは大川端の道を川下にむかって逃げた。

ところが、新大橋のたもとまで来て、兄は追手につかまった。

「滝江！　逃げろ」

兄は、手にした金剛杖をふりまわして抵抗し、お鶴を逃がした。

お鶴は橋を渡り、必死に逃げた。五人のうちのふたりが、お鶴を追ってきた。

お鶴が橋を渡り終えたとき、ちょうど通りかかった源九郎に助けられたのである。

源九郎をはじめ、はぐれ長屋の人々は、お鶴という名を付け、自分たちの娘以上にかわいがって大事にしてくれた。

……このまま長屋の人たちと暮らしたい。

お鶴は、本気で思ったほどだ。

ところが、長屋にも敵方の手が迫ってきた。それで、源九郎はお鶴を追っ手から守ろうと浜乃屋に連れてきたのである。

その浜乃屋にも、追っ手があらわれた。突然、押し入ってきた三人の男に対し手刀を構えたとき、お鶴の脳裏に同じような光景がよぎった。混沌とした記憶のなかに、黒装束の賊に対して小太刀を構えている光景が浮かんだのである。おそらく、領内を発つ前のことであろう。

お鶴は懸命にそのときのことを思い出そうとした。黒装束の賊は数人いたような気がする。自分以外にも、賊と立ち向かっている者がいたらしく、怒号や家具の倒れる音などが聞こえていたようである。どこかの屋敷内である。あるいは、自邸に賊が押し入ってきたのかもしれない。

お鶴は賊が何者なのか正体を見極めようとして記憶をたぐったが、武士体であったことだけは分かったが、それ以上のことは思い出せなかった。

その直後のことも、それ以前のことも分からない。暗い闇が記憶をおおっている。

……その夜、何が起こったのか。

お鶴は、賊が押し込んだ夜、自分の記憶を奪うような事件が起こったにちがいないと思った。

いつの間にか、膝先まで伸びていた床板の月明りが、障子の方に遠ざかっていた。ここに押し込められてから、だいぶときが過ぎたらしい。夜は深々と更けていき、闇と静寂がお鶴の身をおしつつんでいる。体の痛みにくわえ、不安、悲哀、疑念、屈辱……さまざまな感情が渦巻いていた。お鶴は、闇のなかで凝《じっ》と耐えるしかなかった。

ふと、お鶴は旅の途中、兄が口にした、江戸へ出れば、そなたの許嫁にも逢える、という言葉を思い出した。

……北山真吾さまではあるまいか。

と、お鶴は思った。

はぐれ長屋を訪ねてきた北山は、何度も真吾でござる、真吾でござる、と真剣な顔で言いつのった。片瀬町の真吾でござる、とも口にした。そのとき、お鶴を見つめた北山の目差には、愛しい者にむけられた訴えかけるようなひかりがあった。

……あの人に、どこかで逢ったことがあるのだ。

おそらく、郷里であろう。片瀬町というのは、あの人の住んでいた地にちがいない。

お鶴は、澄んだ目をした端整な顔立ちの北山を思い浮かべた。その北山の存在が、闇のなかの清澄な月明りのように、お鶴の胸に淡いひかりを投げかけていた。

……真吾さま、真吾さま。

お鶴は、何度も胸のうちでつぶやいた。

三

新橋（芝口橋とも）のたもと、芝口一丁目の東海道沿いに浜嘉《はまよし》というそば屋があった。その浜嘉の二階の座敷に、五人の男がいた。源九郎と菅井、黒江藩の溝口、北山、それに同じ野沢派の橋木良衛《はしきよしえ》という藩士である。橋木は三十がらみ、目の細い剽悍《ひょうかん》そうな男だった。溝口によると、橋木も玄宗流の遣い手だという。

源九郎は溝口と連絡を取り、会って相談したいことがあると伝えると、上屋敷のある愛宕下にちかい浜嘉を指定したのである。

五人の挨拶が済んだ後、まず、源九郎からお鶴が敵の手で拉致され、連れ去られたことを話した。

「すると、房江どのは峰山たちに捕らえられたのですね」

北山が顔をこわばらせて訊《き》いた。

「おそらく。覆面で顔を隠していたとのことなので断定はできないが、峰山たちとみていいだろう。ひとり、房江どのを担いで逃げた偉丈夫がいたとか」

説明が面倒なので、源九郎はお鶴ではなく房江の名を遣った。

「そやつ、工藤市之丞であろう」

橋木が言った。橋木によると、工藤は六尺ちかい偉丈夫で、膂力《りょりょく》にまかせた剛剣を遣うという。

「敵方は、鉄之助どのと房江どのを拘束したのか」

溝口が苦渋の顔をした。

「それで、一刻も早く、房江どのと鉄之助どのを助け出さねば、命もあやういのではないかと懸念しているのだ」

敵方は調書を奪うことが目的である。お鶴と鉄之助からその在処《ありか》を聞き出し、手に入れればふたりを生かしておく理由がなくなるだろう。

それに、源九郎には用心棒代として百両もの金をもらいながら、お鶴を奪われた後ろめたさもあった。何としても、お鶴を助け出したかったのである。

「すぐにも、房江どのを助け出しましょう」

北山が気負い込んで言った。北山も許嫁を助け出したいらしい。

「その前に、ふたりが監禁されている場所をつかまねば、動きようがないのだ」

源九郎は、さらに言葉をつづけた。

「それで、内藤派のひとりを捕らえ、口を割らせようと思うのだが、だれか、ひとりおびき出せないかな。捕らえるのは、わしらがやる」

「されば、町宿にいる者が……」

そう言って、溝口は北山と橋木に目をむけていたが、

「峰山百蔵はどうかな。たしか、峰山は三年前に出府してから松島町の町家に住んでるはずだ」

と、思い出したように言った。

「そこは、駄目だ」

菅井が、すでにその町家に峰山は姿を見せなくなっていることを言い添えた。

すると、話を聞いていた橋木が、

「京橋に、工藤が住んでますぞ」

と、声を大きくして言った。

京橋、西紺屋町の借家に工藤が二年ほど前から住んでいるという。

「あるいは、峰山も工藤の許に身を隠しているかもしれん」

溝口がそう言い添えると、

「拙者、すぐにふたりの所在を確かめてきましょう」

身を乗り出して、北山が言った。

すぐにと言っても、京橋の西紺屋町まで出かけてもどるには、かなりの時間がいる。

「そういうことなら、わしらも同行するが」

源九郎が言うと、菅井もうなずいた。

「ただ、このままの姿では、敵方にわしらが探っているのをわざわざ知らせに行くようなものだ。敵方に気付かれぬよう身装を変えましょう」

溝口が言った。

「それがいい」

五人はうなずき合った。

その後、暮れ六ッ（午後六時）前に、京橋の橋詰で再会することに話がまとまった。五人では多すぎるので、源九郎と菅井、それに北山が同行することになった。

「拙者を行かせてください」

と、北山が強く訴え、溝口と橋木が承知したのである。

源九郎と菅井は、浜嘉を出ると、いったんはぐれ長屋にもどった。源九郎は大工に、菅井は総髪なので、八卦見《はつけみ》に変装した。衣装は、ふたりとも長屋の者から借りた。長屋には、様々な職業の住人がいたので、衣装を調達するのは楽である。

念のため、菅井が筮竹《ぜいちく》や算木《さんぎ》といっしょに刀を二振り大風呂敷に包んで、小脇にかかえた。己と源九郎の刀である。

暮れ六ッ前に、京橋のたもとへ行くと、すでに北山が待っていた。

北山は深編笠をかぶり、牢人体に身を変えていた。源九郎たちのように町人ふうに身を変えるのはむずかしかったようだ。

「町宿《ちようしゆく》の場所は、聞いております」

そう言って、北山が先に立って歩きだした。

北山は京橋のたもとを右にまがり、外濠にむかって歩いた。源九郎と菅井は、すこし離れてついていく。

西紺屋町はすぐだった。北山は外濠の手前を左手の路地へまがった。そこは狭い路地で、ごてごてと小体《こてい》な店が並んでいる。すでに、暮色に染まり始めていたが、路地は妙にざわついていた。店先で客と話している奉公人、買い物に来たらしい女房、路地で遊んでいる子供の姿などが目につく。

その路地を一町ほど歩くと右手に小間物屋があり、北山はその店の先の路地をまがった。さらに細い路地になり、突き当たりに赤い鳥居があった。稲荷である。檜《ひのき》や樫《かし》などの常緑樹が祠をかこっている。

北山は鳥居の前に立ち止まり、源九郎たちが追いつくのを待ってから、

「この稲荷の左手の仕舞屋《しもたや》と聞いてきました」

そう言って、北山は左手に目をやった。

「あれだな」

なるほど、路地からすこし入ったところに板塀でかこった仕舞屋があった。

「静かだな」

戸口と狭い庭が見えたが、人影はない。淡い暮色のなかに、ひっそりとした佇《たたず》

まいを見せていた。

「稲荷の脇から板塀のところへ行けますよ」

北山が指差した。

稲荷をかこった樹木の脇が空地になっていて、その先が仕舞屋をかこった板塀になっていた。空地は枯れ草におおわれ、付近に仕舞屋の他に民家はなかった。人目につかずに、板塀まで近付けそうである。

「おれが、様子を見てこよう」

菅井はすぐに羽織を脱ぎ、手ぬぐいで頬っかむりした。

「様子をみるだけにしろよ」

源九郎が声をかけた。家のなかにだれがいるか、分からなかった。垣崎、工藤、宇津木は手練《てだれ》である。菅井の居合をもってしても、複数で襲われたら太刀打ちできないだろう。

「案ずるな。刀は置いていく」

そう言うと、菅井は稲荷の祠の前から樫の葉叢《はむら》の間を抜け、空地へ出た。そのまま背を低くして、板塀に近付いていく。

いっとき、菅井は板塀に張り付くように身を寄せていたが、また空地を抜けて源九郎と北山のそばにもどってきた。

「なかに、人がいるようだ」

　菅井が言った。

「工藤か」

「分からぬ。男の話し声がした。なかにいるのは、ふたりだな」

「うむ……」

　どうしたものか、源九郎は迷った。内藤派とはかかわりのない藩士の可能性もある。

「わたしが、みてきます。工藤の声は聞いてますので、分かるかもしれません」

　北山はそう言うと、深編笠を取って、菅井と同じように手ぬぐいで頬っかむりした。

　北山も稲荷の境内から空地をたどって、板塀の陰に身をよせた。しばらく、北山はその場から離れなかった。

　辺りは暮色につつまれ、北山の姿が夕闇にかすんできた。風が出てきたらしく、空地の枯草が揺れている。

四

「工藤と沢口です」

もどってきた北山が、こわばった顔で言った。

「峰山ではないのか」

「はい」

工藤の住居《すまい》である仕舞屋に、同じ内藤派の沢口が来ているようである。

「やるか」

菅井が、目をひからせて訊いた。

「いいだろう」

工藤と沢口なら、どちらもお鶴の行方を知っているはずである。

「どちらを生かしておく」

菅井が訊いた。話を聞くのは、ひとりで十分だった。それに、斬らずにふたりを捕らえるのはむずかしい。

「沢口がいいだろう。工藤は玄宗流の達者だと聞いている。容易に口を割るまい。それに、工藤を峰打ちで仕留めるのは容易ではない」

「どちらが工藤とやる」

「わしがやろう。菅井は峰打ちで沢口を仕留めてくれ」

「分かった」

源九郎と菅井は、すぐに戦いの支度を始めた。支度といっても、刀の下げ緒で両袖を絞り、袴の股だちを取るだけである。

「わたしにも、手伝わせてください」

北山が訴えるように言った。

「北山どのは空地にいて、菅井が為《し》損じ、沢口が逃げ出したら討ち取ってくれ」

源九郎は北山の腕のほどが分からなかった。多少、剣は遣えるようだが、工藤を相手にするのは無理だろうと思った。

「分かりました」

北山も、すぐに戦いの身支度をととのえた。

三人は稲荷の脇から空地を抜け、板塀のそばへ近付いた。

「外へおびき出そう。わしは、庭へまわる。菅井は戸口にいてくれ」

家のなかに侵入するのは危険だった。勝手の分からない家中では、どこから攻撃を受けるか分からない。下手をすると、同士討ちということにもなりかねないのだ。

「承知した」

菅井がうなずいた。

戸口につづく枝折《しお》り戸を押して、源九郎と菅井は敷地内に侵入した。菅井は家の出入り口に立ち、源九郎は庭へまわった。

辺りは濃い暮色につつまれていたが、まだ、刀をふるうのに支障はなかった。足元は丈の低い枯れ草がおおっていた。狭い庭だが、足元は悪くない。

家のなかはひっそりしていたが、かすかに灯明が洩れ、話し声が聞こえた。内容は聞き取れないが、男の声である。

源九郎は工藤と尋常に勝負しようと思っていた。ひとりの剣客として、玄宗流と立ち合ってみたかったのである。それに、お鶴を連れ去られたことの他に、工藤に特別な恨みはなかったのだ。

「工藤市之丞どのは、おられるか！」

源九郎が声をかけた。

一呼吸置いて、戸口にいた菅井が、

「沢口彦右衛門、姿を見せろ！」

と、大声を上げた。

一瞬、家のなかの話し声がやみ、静寂が辺りをつつんだが、すぐに荒々しく障子をあける音がし、縁先に巨軀の男が姿を見せた。工藤である。

工藤の背後に、痩身の武士の姿があった。沢口だった。沢口も戸口へは行かず、縁先に出てきたのだ。

「うぬが、華町源九郎か」

工藤が誰何《すいか》した。

濃い眉、鋭い目、頤《おとがい》の張った剛毅そうな面構《つらがま》えである。巨軀の上に、腕や首が異様に太い。腰もどっしりとしていた。いかにも、剛剣の主らしい男である。

「さよう」

「なにゆえ、溝口たちに味方する。おぬしらが、黒江藩内のことに首をつっ込むいわれはあるまい」

工藤が源九郎を見すえながら質《ただ》した。

「あの娘は、わしらの長屋に飛来した傷ついた鶴なのだ。みんなで、守ってやることにしたのだ」

源九郎は、野沢から百両の金をもらったことは口にしなかった。

「痴《し》れごとをぬかすな！」

工藤が吐き捨てるように言った。

「問答無用。工藤、おぬしと立ち合いを所望」

源九郎は後じさって、前をあけた。この場で立ち合うつもりだった。

「老いぼれが、生きてはおられぬぞ」

工藤の口元に嘲笑が浮いた。源九郎が老齢なのを見て、あなどったようだ。

「鏡新明智流の太刀《た ち》捌《さば》き、見せてくれよう」

「おもしろい。玄宗流の太刀を受けてみるか」

言いざま、工藤は源九郎の前に飛び下りた。

工藤の背後にいた沢口は、逡巡《しゅんじゅん》するように周囲に目をやったが、戸口の方から駆け寄ってくる菅井の姿を目にすると、迎え撃つように縁先から庭へ飛び下りた。

源九郎は工藤と対峙し、抜刀した。

すぐに源九郎の体に気勢が満ち、五尺七寸ほどの体が六尺ちかい偉丈夫に見えた。顔も豹変していた。いつもの茫洋《ぼうよう》とした表情が消え、眼光が射るように鋭い。剣客らしい覇気と凄みがあった。

源九郎は切っ先を敵の膝ほどの高さに取った。下段である。巨軀である工藤を下から攻めようと思ったのである。

対する工藤は八相だった。刀身を立て、切っ先で天空を突くように高く構えている。足は撞木《しゅもく》だった。垣崎と同じ構えである。

八相は木《もく》の構えともいわれるが、まさに大樹のような大きな構えだった。その巨軀とあいまって覆いかぶさるような威圧がある。

両者の間合は、三間の余。

工藤は全身に激しい気魄《きはく》を込め、足裏をするようにして間をつめてきた。巌《いわお》で押してくるような迫力がある。

源九郎は気を鎮め、観《かん》の目で工藤を見た。観の目とは、敵の構えや切っ先だけを見るのではなく全身を見るのである。全身を見ることで、心の動きも察知できるのだ。

工藤が一足一刀の間境の手前で寄り身をとめた。全身に気勢がみなぎり、痺《しび》れるような殺気を放射させた。

数瞬、工藤は気魄で攻めていたが、突如、斬撃の気が疾《はし》り、その巨軀がさらに膨れ上がったように見えた。

タアリァッ！

トオッ！

ふたりの鋭い気合が静寂をつんざき、閃光《せんこう》が疾った。

工藤が八相から袈裟《けさ》に斬り込んできた。凄まじい剛剣である。刀身が太刀風を起こして源九郎の肩口を襲う。

源九郎はその斬撃を受けなかった。受け切れぬ、と感知し、咄嗟《とつさ》に上体を倒しながら下段から掬《すく》うように斬り上げたのだ。

両者は交差し、間を取って反転した。

源九郎の着物が左肩口から胸にかけて斜に裂けていた。が、切っ先は肌にとどかなかった。肋一寸《あばらいっすん》の見切《みき》りで、工藤の斬撃をかわしたのである。

一方、源九郎の切っ先は、斬り込んだ工藤の右上腕の肉を深くえぐっていた。

噴出した血が工藤の右腕を真っ赤に染めている。

「お、おのれ！」

工藤の顔が怒りで赭黒《あかぐろ》く染まった。目をつり上げ、歯を剝《む》き出している。忿怒《ふんぬ》相《そう》の不動明王のような形相である。

工藤は切っ先で天空を突き上げるように高い八相に構えると、一気に間をつめてきた。唐突な仕掛けだった。工藤は激情にかられ、我を失っている。

源九郎は下段に取ると、わずかに腰を沈めた。工藤の八相からの太刀筋は読めていた。初手より深く踏み込み、袈裟に斬り込んでくるはずである。

斬撃の間境を越えるや否や、工藤が斬り込んできた。

タアリャア！

大きく踏み込み、薙刀《なぎなた》で斬り下ろすような凄まじい斬撃だったが、膂力にまかせた攻撃で鋭さに欠けていた。

刹那、源九郎は半歩身を引いた。

工藤の刀身が、源九郎の眼前を白光を曳いて流れる。

と、源九郎は鋭く踏み込みざま工藤の右籠手《こて》へ斬り込んだ。一瞬の反応である。

にぶい骨音がし、工藤の太い腕《かいな》が落ちた。

斬り口から、血が筧《かけい》の水のように流出した。

工藤は唸《うな》り声を上げ、その場につっ立った。その一瞬、源九郎はさらに踏み込み、刀身を横一文字に払った。

切っ先が喉笛のあたりを掻き斬った。

ビュッ、という音とともに、赤い帯のように血が噴出した。工藤は忿怒の形相のまま血を撒きながらつっ立っていたが、一歩踏み出そうとしてよろめき、腰からくだけるように転倒した。呻き声も悲鳴もなかった。巨木の幹のように横たわったまま動かない。即死である。

五

源九郎と工藤が対峙しているとき、菅井は庭に下りた沢口にむかって疾走していた。走りざま、左手で刀の鯉口を切り右手を柄に添えている。

沢口は青眼に構えていた。腕に覚えがあるらしく、構えに隙《すき》がなかった。怯《おび》えたような表情もない。

菅井は一気に間をつめた。ただ、抜きつけの一刀で沢口を仕留めるわけにはいかなかった。峰打ちにするためには、抜刀した刀を峰に返さなければならないのだ。

イヤアッ！

裂帛《れっぱく》の気合を発して、菅井は一気に斬撃の間境を越えた。

驚いたように沢口が刀身を振り上げ、斬り込んできた。

菅井が抜きつけた。

キーンという甲高い金属音がひびき、刀身がはじき合った。菅井の抜きつけの一刀は捨て太刀だった。敵の斬撃を強くはじくためにふるったのである。

沢口の刀身が撥《は》ね上がり、腰が浮いて胴に隙ができた。その一瞬を、菅井はとらえた。刀身を返しざま薙《な》ぐように横に払った。流れるような連続技である。

ドスッ、というにぶい音がし、沢口の腹に刀身が食い込んだ。

沢口の上体が折れたように前にかしぎ、地べたに両膝を折った。沢口は腹を押さえ、呻き声を上げてうずくまった。

「動けば、首を落とすぞ」

すかさず、菅井は切っ先を沢口の首筋につけた。

そこへ、北山が走り寄ってきた。空地から、斬り合いが始まったことを見てとり、助勢しようと駆け付けたようである。

「後ろ手に縛ってくれ」

菅井がそう言うと、北山は手ぬぐいで沢口を後ろ手に縛り上げた。

北山が縛り終えたとき、源九郎が近付いてきた。いくぶん息が乱れていたが、顔もいつもの穏やかな表情にもどっている。

「華町、怪我をしたのか」

菅井が、源九郎の肩口から胸にかけて裂けた着物を見て訊いた。

「なに、肌にはとどいておらぬ」

源九郎は裂けた着物を合わせて、首をすくめて見せた。

「こやつ、どうする」

菅井が沢口に目をやって訊いた。

「家のなかで、訊こう。暗闇では顔も見えぬし、それに、ここは寒い」

辺りを夜陰がつつみ始めていた。身を切るような冷たい風が吹いている。

源九郎たち三人は沢口を連れて、家のなかに入った。座敷の隅の行灯《あんどん》に灯がともっていた。貧乏徳利と湯飲みが見えた。徳利を手にすると、ずっしりと重い。沢口と工藤は酒を飲み始めたところだったらしい。

「一杯もらおう」

源九郎は湯飲みに酒をついで、喉を鳴らして飲んだ。立ち合いで体を動かしたために、喉が乾いていた。それに、冷えた体を酒で暖めたかったのである。

菅井も湯飲みについで飲んだが、北山は口にしなかった。蒼ざめた顔で、沢口を見すえている。敵方とはいえ、斬殺した工藤も沢口も同じ黒江藩の家臣である。胸の内には、複雑な思いがあるのだろう。

「さて、沢口どの、話してもらおうかな」

源九郎はおだやかな声で言った。

「うぬらに、話すことなどない」

沢口は目をつり上げ、身を顫《ふる》わせている。

「手荒なことはしたくないのだ。……おぬしらが、浜乃屋から連れ去った房江どのはどこにいる」

「し、知らぬ！」

「話さねば、痛い目をみねばならぬぞ」

「……」

沢口は歯を食いしばり、源九郎を睨み上げた。

「やむをえんな」

源九郎は刀を抜き、菅井に、沢口の左足を押さえるよう頼んだ。

菅井が前に投げ出した沢口の左足を上から押さえつけると、源九郎の茫洋とした顔が豹変した。穏やかな表情が消え、双眸が酷薄なひかりを宿している。

「手荒な真似はしたくないのだがな」

そう言って、源九郎は手にした刀の切っ先を沢口の左足の甲に突き刺した。

沢口は上体を振りまわし、獣の吠えるような叫び声を上げげた。髷が乱れ、顔が土気色になり、顎が震えて歯が小石を打つような音をたてた。凄絶な形相である。噴き出した血が足と畳を赤く染めていく。

「房江どのは、どこにいる」

「し、知らぬ……」

沢口は絞り出すような声で言った。

「しゃべるまでは、つづけるぞ」

源九郎は突き刺した刀身を、まわすように動かした。

グワッ、という臓腑でも吐き出すような呻き声を上げて沢口は上体を反らし、悶えるように上体を激しくよじった。

源九郎が刀身を引く抜くと、沢口は両肩を上下させて荒い息を吐いた。顔は血の気を失い、額に脂汗が浮いている。

そのとき、源九郎の背後にいた北山が前に出て、沢口どの、と声をかけた。

「房江どのは、記憶を失っているのだ。己の名すら覚えていない。鉄之助どののことも、何をしに江戸へ出て来たのかも分からないのだ」

北山は訴えかけるように言った。

「なに……」

沢口は驚いたように目を剝き、あれは偽りではないのか、とつぶやいた。沢口たちは、お鶴を訊問し、その応答から、お鶴が記憶喪失のふりをしていると思ったようである。

「それゆえ、房江どのから何も聞き出すことはできない。それは、われら野沢さまに与《くみ》する者も同じこと」

「うむ……」

沢口は虚空を睨むように見すえて口を閉じた。

「それにな、房江どのは何も所持しておらなかったぞ。わしらは、房江どのの身元を知ろうと、持ち物から身にまとっている物までくまなく調べたが、何もなかった」

源九郎が言った。

「……」

「あの娘《こ》をお鶴と名付け、わしらの長屋で世話しておるのだ。……あの娘を監禁しておく必要はござるまい。居所を話してくれ」

源九郎はつづけた。

それでも、沢口はかたくなに口をつぐんでいた。

「わしらは、何としても、お鶴どのを取り戻したい。おぬしが死ぬまで拷問をつづけるぞ。おぬしが口を割らねば、次の者を捕らえ同じことをするつもりだ」

源九郎はそう言って、切っ先を右足の甲に付けた。

「ま、待て」

沢口が喉のかすれたような声を出した。

「は、話す」

「房江どのは、どこにいる」

「鉄砲洲の中屋敷だ」

「あそこか」

源九郎は中屋敷の探索を菅井にまかせていたので、中屋敷のことはあまり念頭になかった。ただ、峰山たちが兄の鉄之助を松島町から舟に乗せてどこかへ連れていったと孫六から聞いたとき、監禁場所は舟で近くまで行ける場所ではないかとの思いはあった。鉄砲洲であれば、大川の河口に近いはずなので、人目に触れずに連れ込むにはいい場所かもしれない。

「鉄之助もそこだな」

「そうだ」

「もうひとつ訊きたいことがある。領内の田代家で何があったのだ」

お鶴の記憶を奪うほどの事件があったはずである。

「おれは、田代助左衛門が何者かに斬られたとしか聞いてはおらぬ」

沢口は強い口調で言った。嘘を言っているようにも見えなかった。沢口は田代家へ侵入した一味ではなかったのであろう。

それから、源九郎が中屋敷の様子を訊くと、お鶴と鉄之助は藩士の固屋《こや》に監禁されているという。

北山によると、固屋は中級藩士のための住居で、長屋ではなく狭いが独立した建物になっているそうである。

「これ以上、おれから話を聞き出すこともあるまい。この手を解いてくれ」

沢口が背中の手を、源九郎の方にむけた。

「そうはいかぬな」

ここで沢口を解放すれば、中屋敷に駆けもどり、ことの次第を峰山たちに伝えてお鶴と鉄之助を別の場所に移すであろう。

……しばらく、この男を監禁しておける場所があるといいのだが。

源九郎が、北山に適当な場所があるかどうか訊こうとしたとき、

「華町、あまいな。おぬしは、すでに工藤を斬っているのだぞ」

菅井が、けわしい顔をして言った。沢口を生かしておけば、内藤派の者にどこまでも命を狙われると言いたいらしい。

「こいつは、おれが始末する」

菅井はそう言い残して座敷から出ていき、沢口の刀を手にしてもどってきた。

「せめて、武士らしく死なせてやろう」

菅井は、手にした刀で沢口の腹を突き刺した。

沢口は呻き声を上げてのけ反り、苦痛に顔をゆがめた。菅井は沢口の手を縛った手ぬぐいを解くと、刀身を握らせ、上から沢口の手を握ったまま腹を横に掻き斬った。切腹させたのである。

その夜、源九郎たちは庭先の工藤の死体も家のなかに運び込み、外からは異変に気付かれないようにして仕舞屋を出た。

六

工藤と沢口を斬った二日後、源九郎と菅井は愛宕下の青蓮寺で野沢与左衛門と会った。源九郎たちは中屋敷に監禁されているらしいお鶴と鉄之助を助け出すための相談をしたかったのだ。青蓮寺で野沢と会えるように話を通したのは溝口である。

庫裏には五人の姿があった。野沢、溝口、北山、橋木、それに野沢の身辺を警護している出島《でじま》という藩士である。

野沢は源九郎たちが座るのを待ち、

「鉄之助とお鶴の所在が知れたそうでござるな」

と、先に話を切り出した。

西紺屋町の仕舞屋で工藤と沢口を斬った子細は、北山から報告を受けているのだろう。

「はい、それで、いかようにいたせばよいか。ご家老のご意見をうけたまわろうと存じまして参上いたしました」

中屋敷に踏み込み、お鶴と鉄之助を助け出したいと思っていたが、屋敷には多くの黒江藩士がいる。源九郎と菅井だけではどうにもならなかったのだ。

「あの屋敷には、十数人の家臣が居住しておる。内藤どのに与する者は半数ほどか……」

そう言うと、野沢は黙考するように虚空に目をとめた。行灯の灯《ひ》を映して、双眸が燃えるようにひかっている。

いっときして、野沢は視線を源九郎にむけ、

「だが、田代兄妹を救い出さねばならぬ」

と、低い声で言った。

「監禁されているとすると、海側の固屋であろう。そこは屋敷や長屋からは離れているし、舟で連れてくることもできるからな」

野沢はつづけた。

中屋敷の敷地内には、藩主のための屋敷、それに長屋と固屋がそれぞれ二棟あるという。長屋には中立の立場の藩士も住んでいるので、兄妹を監禁しておくのは無理だというのだ。

「その固屋を奇襲し、兄妹を助け出すしか手はあるまい」

野沢は、できるだけ家中の者同士で斬り合いたくないのでな、と苦渋の顔をし

て言い添えた。

「華町どのと菅井どのも手を貸していただけようか」

野沢がふたりに目をむけて訊いた。

「むろんでござる」

源九郎は、野沢派の者が拒否すれば自分たちだけでも踏み込んで助けようと思っていたのである。ただ、源九郎と菅井だけでは、返り討ちになる可能性が高かったのだ。

「そのさい、垣崎、宇津木など腕に覚えのある者たちと斬り合うようなことにもなりかねんが」

野沢の顔に懸念の色が浮いた。

「承知してござる」

源九郎も菅井も、垣崎と宇津木とはいつか決着をつけねばならぬと覚悟していた。

「ご家老」

そのとき、溝口が口をはさんだ。

「いっときも早い方がよろしいかと存じます。内藤派の者たちは、工藤と沢口が斬られたことを気付いておりましょう。まだ、これといった動きはございませぬが、田代兄妹を別の場所に移すかもしれませぬ。それに、ご家老やわれらの命を狙ってくる恐れもございます」

溝口によると、工藤と沢口を斬られたことで、敵方も殺気立ち、野沢派の暗殺に走るかもしれないというのだ。

「ありうるな。そもそも垣崎と宇津木はその腕を見込まれて、刺客として江戸に送り込まれたのであろうからな」

野沢はけわしい顔をして言った。

「されば、今夜にも舟で中屋敷に乗り付けましょう」

溝口が言った。北山と橋木も目をひからせてうなずいた。

「しばし」

慌てて源九郎が言った。

あまりに無謀だった。はたして固屋にお鶴と鉄之助が監禁されているのかどうかもはっきりしない。中屋敷にいる敵勢はどれほどなのか、味方は何人なのか、敵に気付かれずに敷地内に侵入し固屋に近付くことができるのか。そうしたことは、何も分かっていなかった。下手に踏み込めば、兄妹を助け出すどころか返り討ちになるだろう。

「ご家老、藩邸内とはいえ、大勢で斬り合うようなことになれば、幕府の耳にも入りましょう。それに、藩内の対立も激化し、さらに血を見るようなことにもなりかねないと存じますが」

「そこもとのいう通りだな」

野沢は渋い顔をした。

「されば、今夜にも、われらの手で中屋敷に田代兄妹がいるかどうかだけでも、探りましょう」

源九郎が言った。

源九郎自身も屋敷の様子や固屋のある場所と敷地内の様子だけでも見てみたいと思っていた。菅井にも同じ思いがあるらしく、源九郎の言にうなずいた。

「われらは何をいたせば」

溝口が訊いた。

「中屋敷内に敵方のだれがいるのか、それとなく探っていただけぬか。それに、明日になるか、明後日になるか分からぬが、押し入る当夜、ご家中の方がすこしでも中屋敷から出るよう手を打っていただきたいのだが」

江戸家老の野沢なら可能だと思った。適当な用件を作って、別の藩邸に呼び出せばいいのである。

「その役はわしだな。わしに与する者と中立の立場の者だけでも、中屋敷から離しておこう」

野沢が語気を強くして言った。

それから、源九郎は明日もこの寺で溝口と会って、田代兄妹を救出する策をつめることを約して腰を上げた。

「華町どの」

北山が、庫裏から出た源九郎と菅井を追ってきて声をかけた。

「何かな」

「今夜、中屋敷に侵入するのですか」

「そのつもりだが」

「わたしも、同行させていただけませんか。何度か、中屋敷に行ったことがありますので、なかの様子が分かっております」

北山が思いつめたような顔で言った。お鶴のことが気がかりでならないらしい。

「お願いしよう」

源九郎にしても、屋敷内のことを知っている者がくわわるのは心強かった。

七

満天の星空だった。弦月が、皓々《こうこう》とかがやいている。ただ、風があった。ヒュウ、ヒュウと物悲しい風音がひびき、大川の川面は波立っていた。

源九郎たちは二艘の猪牙舟《ちょきぶね》に分乗し、大川を下っていた。源九郎、菅井、茂次、孫六、三太郎、それに北山の六人である。源九郎は六人もの大勢でくりだすことはないと思ったが、三太郎と孫六もいっしょに行くと言い出してきかなかったのである。

「屋敷内に入るのは、わしと菅井、それに北山どのだけだぞ」

源九郎が念を押すように言った。敵方に発見されないとはかぎらない。そのときは刀をふるって逃げるのだが、三太郎や孫六は足手纏いになるだろう。

「分かってやすよ」

孫六が櫓を漕ぎながら言った。歳はとっていたが、舟を操るのはうまい。

「屋敷の裏手に狭いが、砂浜があります。そこに舟を着ければ、屋敷の者には気付かれないはずです」

源九郎といっしょに乗っている北山が言った。

二艘の舟は永代橋をくぐると、右手の霊岸島の方へ水押しをむけた。霊岸島は夜陰のなかに沈んでいたが、黒い家並の間から灯が洩《も》れているのが見えた。料理屋か飲み屋の灯かもしれない。ぼんやりとした鬼灯色《ほおずきいろ》の明りである。

霊岸島の岸を離れると、すぐ前方に佃島が迫ってきた。その先には、夜陰のなかに渺茫《びょうぼう》とした江戸湊の海原がひろがっている。

「岸へ寄せて！」

北山が、あの松の先の浜です、と言って、前方を指差した。

なるほど、海岸ちかくに数本の松の樹影が見えた。黒い輪郭だけだが、狭い砂浜の先に並んで枝葉を風に揺らしていた。防風林の一部だったのかもしれない。

「砂浜に着けやすぜ」

孫六が水押しを砂浜に寄せた。後続の茂次の漕ぐ舟も近付いてきた。

水押しを砂浜に乗り上げ、舳先《へさき》から砂地に飛び下りると、三人でさらに舟を砂地に押し上げた。波に流されないためである。つづいて、茂次たちの舟も同じように砂地に乗り上げ、乗っていた菅井たちが砂浜に下り立った。

「孫六たちは、ここにいてくれ」

源九郎が言った。

「へい、あの石垣の陰におりやす」

砂地のすこし先に二尺ほどの高さの石垣があった。その陰で、川面を渡ってくる風を避けるつもりらしい。

「行くぞ」

源九郎につづいて北山、菅井の順に、石垣の間から屋敷の裏手へむかった。

砂地の先は小高くなっていた。枯草と丈の低い灌木などでおおわれた狭い地があり、その先が板塀になっている。板塀のなかに松や紅葉などの樹影が見えた。中屋敷内に植えられている庭木のようである。

「あそこから入れますよ」

北山が言った。

見ると、板塀の一部が朽ちて落ちていた。すぐ前に樫が黒々と枝葉を茂らせており、屋敷の者の目を逃れて侵入するには都合のいい場所だった。それに、風があり葉叢《はむら》の騒ぐ音が足音も消してくれそうだ。

三人は難なく板塀の間から敷地内に侵入した。

「あれが、固屋です」

北山が、樫の樹陰から前方を指差した。

意外に近かった。五、六間先にこぢんまりした屋敷が二棟建っていた。庭木にかこまれ、葉叢の間から屋根や庇《ひさし》の一部が見えていた。

「その先にあるのが長屋、右手がお屋敷です」

二棟から十数間離れた場所に長屋があり、その右手に御殿らしい屋敷が夜陰のなかに黒い輪郭だけを見せていた。

静かだった。辺りは、風の音ばかりで、物音や人声はまったく聞こえなかった。

「行ってみるか」

源九郎が小声で言った。菅井と北山が無言でうなずく。

前方の固屋からかすかに灯が洩れていた。だれか、起きているらしい。

三人は足音を忍ばせて、手前の固屋へ近付いた。

「見ろ、あそこだ」

椿の樹陰の先から明りが洩れ、障子に人影が映っているのが見えた。ひどくぼんやりしていて、男か女かも分からない。

三人は椿の樹陰にまわり、身をかがめた。かすかに人声が聞こえた。男の恫喝するような声である。

「峰山です」

北山が声を殺して言った。声の主は、峰山らしい。

なかに、数人いる気配がした。いくつもの人影が動いている。

吐け！　吐かぬか！　峰山の声と同時に、肌を打つような音がし、低い呻き声が聞こえた。だれか、打擲されているらしい。拷問ではあるまいか。

「ふ、房江どのでは……」

北山が声を震わせて言った。樹陰から出ようと、腰を浮かせている。

「待て、いま出てはならぬ」

源九郎が、北山の肩に手をかけてとめた。いま飛び出せば、打擲されている者を助けるどころか、こちらの命があやうい。

鉄之助、妹がどうなってもいいのか！　峰山の怒声が聞こえ、また棒のような物で肌を打つ音がし、重い呻き声が聞こえた。

……拷問されているのは、鉄之助だ。

だが、そばにお鶴もいるらしい。峰山たちは兄妹を並べて、拷問しているようだ。おそらく、調書の在処を白状させようとしているのだろう。

「房江どの！」

北山が樹陰から飛び出そうとした。

その体を源九郎が後ろから押さえた。菅井も脇から手を出して、北山の腰のあたりをつかんでいる。

北山は歯を食いしばり、激しく身を顫わせた。

「房江どのを、助けなければ……」

「明日だ。明日、助けにくる！」

源九郎が人影の映った障子を睨みながら言った。

第五章　奪　還

一

西の空に茜色の残照があった。暮れ六ッ（午後六時）を過ぎている。日本橋川の岸辺は濃い夕闇につつまれていたが、灯明はなくとも人の顔が識別できるほどの明るさが残っていた。

鎧之渡《よろいのわたし》ちかくの桟橋に、三艘の猪牙舟《ちょきぶね》が舫《もや》ってあった。舟は溝口が黒江藩出入りの御用商人から調達したものである。

三艘の舟に、八人の男が分乗していた。源九郎、菅井、茂次、三太郎、それに黒江藩からは溝口、北山、橋木、それに野沢の身辺を警護していた出島である。

八人なら二艘でも間に合ったが、助けたお鶴と鉄之助を乗せるために三艘用意したのである。なお、孫六は昨夜、川風に当たって冷えたため、左足が痛みだしたということで、今夜は長屋でおとなしく寝ていた。

溝口たちは襷《たすき》で両袖をしぼり、たっつけ袴に手甲脚半という扮装《いでたち》だった。足元を武者草鞋《わらじ》でかため、寒風に体が冷えぬよう旅用の合羽で身をつつんでいる。

源九郎と菅井も寒さを防ぐため、たっつけ袴に手甲脚半をつけ、長屋の者に借りてきた縕袍《どてら》を羽織っていた。

「華町どの、固屋《こや》にいるのは八人とみております」

源九郎と同じ舟に乗り込んだ溝口が言った。

舟は出島が漕ぎ、日本橋川から大川へとむかっていた。他の二艘も後につづく。

「垣崎と宇津木は」

気になるのは、ふたりの手練《てだれ》である。

「おります。それに、峰山、他の五人も内藤派のなかから腕に覚えの者を集めたようでござる」

「長屋と屋敷には？」

騒ぎを聞きつけて、駆け付けてくるかもしれない。

「ご家老が上屋敷へ呼びましたが、三人ほど残っております。それに、中間と女中が数人」

溝口によると、内藤派以外の藩士は駆け付けても刀を抜いてむかってくるようなことはないだろうという。

「できれば、斬り合わずに、田代兄妹を救出したいのでござる」

溝口が言った。

「承知した」

源九郎も無益な殺生はしたくなかった。今夜の目的は、お鶴と鉄之助の救出なのである。

大川の川面が夜陰にとざされ、頭上の星が明るさを増してきた。対岸の深川の家並の灯が、夜陰のなかで弱々しくまたたいている。

三艘の舟は、すぐに昨夜の砂浜に着いた。男たちが次々に砂地に下り立ち、源九郎と溝口のまわりに集まってきた。大気が澄み、月光が男たちの影をくっきりと砂地に落としている。

「兄妹を助けたら、すぐにこの舟に引き返してくるのだ」

溝口が男たちに言った。溝口が、藩士たちの中核になっているようである。

男たちが無言でうなずく。いずれも昂《たかぶ》った顔をし、目をひからせていた。

「では、準備をしてくれ」

溝口が声をかけると、茂次と三太郎を除いた六人が、素早く身にまとっていた合羽や褞袍などを脱ぎ、舟のなかに放り投げた。

「行くぞ」

六人の影が砂地をすべるように過ぎ、板塀の隙間から敷地内に吸い込まれていく。

敷地内は静寂につつまれていた。微風に庭木の葉が、サワサワとやわらかな音をたてているだけで、人声や物音は聞こえなかった。

「あそこです」

北山が樹陰から二棟の固屋を指差した。

今夜は二棟とも明りが洩《も》れていた。どちらの固屋にお鶴と鉄之助が監禁されているのか、ここからでは分からない。

「おれが様子を見てこよう」

すぐに、菅井がその場を離れた。

菅井は固屋のそばの椿の樹陰へ近付いて、身をかがめた。耳をそばだててなかの人声や物音を聞いているらしい。

いっときすると、菅井は椿の樹陰から離れ、固屋の脇を通って、さらにその先の別の固屋に近付いた。やはり、植え込みの陰に身を寄せて、なかの様子をうかがっている。

やがて、菅井がもどってきた。

「手前の固屋に四、五人いるようだ。奥の部屋でも、複数の声が聞こえた」

菅井が小声で言った。どうやら、敵方は分散しているようである。

「房江どのと鉄之助どのは」

北山が身を乗り出すようにして訊《き》いた。

「どちらにいるか、分からぬ。女の声は、聞こえなかった」

「拷問しているようだったか」

源九郎が訊いた。

「いや、それらしい物音はしなかった。内容は聞き取れなかったが、男たちの話す声が聞こえただけだ」

「二手に分かれて、踏み込むしかないな」

源九郎が言うと、溝口もうなずいた。

源九郎と溝口で六人を二手に分けた。一手は、源九郎、北山、出島。もう一手は、菅井、溝口、橋木である。

「まいろう」

六人は樹陰から出ると、足音を忍ばせてそれぞれの固屋に近付いていった。源九郎たち三人は手前の固屋のちかくにいったん身をひそませた。菅井たち三人は、裏手の固屋の方へまわっていく。

「なかにいるのは、四、五人か」

菅井の言っていたとおり、明りの洩れている座敷から数人の声が聞こえた。拷問している様子はなかった。男たちの声は抑揚のないくぐもった声である。

「峰山と垣崎がいるようです」

北山が声を殺して言った。

「ここに房江どのと鉄之助どのが、いるかもしれぬな。よし、話し声のする座敷へ踏み込もう」

まだ、雨戸はしめてなく、狭い縁側の先に障子がたてられていた。その障子に灯明が映り、内側から人声が洩れてくる。

見ると、正面の戸口から飛び石があり、縁側の方へまわれるようになっていた。

源九郎は正面の戸口から出島に踏み込んでもらい、源九郎と北山が縁先から直接男たちのいる部屋へ踏み込むことにした。

出島を戸口に残し、源九郎と北山は縁先の方にまわった。

身をかがめて、縁先まで行くと男たちの会話がはっきりと聞こえてきた。野沢と溝口の悪口を並べ、野沢派をしきりに非難している。その座敷に、お鶴と鉄之助はいないようだった。いるとすれば、別の座敷であろう。狭い家屋なので、せいぜい座敷は三間である。探す手間はかからないはずだ。

源九郎は北山と顔を見合わせてうなずき合うと、立ち上がって抜刀した。

「行くぞ」

源九郎が縁側に踏み込み、北山がつづいた。

二

源九郎が、障子を一気にあけ放った。

五人の武士が車座になって、茶碗酒を飲んでいた。やはり、お鶴と鉄之助の姿はなかった。

ふいに侵入してきた源九郎と北山の姿を見て、五人の武士は凍りついたように身を硬くして目を剝《む》いた。

次の瞬間、垣崎がかたわらの刀を手にし、

「敵だ！」

と、叫びざま立ち上がった。

峰山たち四人も慌てて立ち上がり、廊下側の障子と床の間の方へ走った。男たちの姿が交差し、行灯《あんどん》の影が激しく乱れた。

「奥だ！　北山どの、奥へ」

源九郎は部屋に踏み込み、声を上げた。

垣崎たちを斃《たお》すのが目的ではなかった。お鶴と鉄之助を救い出すのである。それに、五人の敵を斬るのはむずかしかった。

北山は目をつり上げ、両腕を前に突き出すように刀を構え、座敷を突き抜けて廊下へ出ようとした。その前に、峰山とふたりの武士が立ちふさがった。

「き、斬れ！」

垣崎がひき攣《つ》ったような声を上げて抜刀した。

峰山たちも一斉に抜き放つ。いずれも、血走った目で腰を低くして構えている。相応の手練を集めたらしく、臆している者はいなかった。

そのとき、戸口の方で、北山どの！　と出島の声がし、障子を蹴破るような音がした。出島が、戸口から踏み込んできたのだ。

その声に、峰山たちが気を取られ、背後を振り返った。その隙《すき》をとらえて、源九郎は腰を低くして峰山に迫り、袈裟《けさ》に斬り込んだ。

峰山はかろうじて源九郎の斬撃を受けたが、腰がくだけ、後ろへよろめいて障子に肩からつっ込んだ。峰山の叫び声と障子の破れる音がひびいた。

「いまだ！」

源九郎は廊下側の障子をあけ放った。

廊下は暗かった。それでも、行灯が淡いひかりを投げていて、隣部屋の障子を白く浮き上がらせている。

北山が後につづき、垣崎、峰山、さらに三人の武士が、廊下に飛び出してきた。戸口の方から、近付いてくる出島のものらしい足音も聞こえた。

屋敷内は騒然となった。

お鶴は、静寂を破る音に目をあけた。障子をあけ放つ音らしい。つづいて、敵だ！　という垣崎の声がひびいた。このとき、お鶴は拷問している男たちの会話から、垣崎、下田、宇津木などの名は知っていた。

……だれか、屋敷内に侵入したらしい。

と、お鶴は察知した。

この夜、お鶴は板敷きの間に後ろ手に縛られ、猿轡《さるぐつわ》をかまされていた。部屋のなかは暗かったが、廊下側の障子がほんのりと明らみ、かすかに柱や板壁などが識別できた。

怒号、障子を蹴破る音、廊下を踏む音などがひびき、屋敷内は轟音《ごうおん》につつまれた。叫び声や足音が、お鶴のいる部屋へ迫ってくる。

……以前、同じようなことがあった。

ふいに、お鶴の意識の闇のなかに、同じような光景が浮かんだ。だが、騒然とした気配のなかで蠢《うごめ》くような黒い人影が見えるだけである。

そのとき、障子が荒々しくあき、人影が飛び込んできた。

……華町さま！

源九郎の背後に、北山の姿もあった。

……華町さまと真吾さまが、助けに来てくれたのだ。

お鶴は必死に身を起こそうとした。

「房江どの！」

北山が転げ込むようにお鶴のそばに来ると、猿轡を解き、後ろ手に縛られた縄を切ってくれた。

「お鶴どの、歩けるか」

源九郎が声を上げた。

「は、はい……」

お鶴は立ち上がった。顔は青く腫《は》れ、体中に打擲《ちょうちゃく》された痛みがあったが足腰は動く。

すぐに、垣崎と峰山たちが板敷きの間に入ってきた。八相や青眼に構え、仲間同士で刀がふるえるだけの間を取って迫ってくる。闇のなかで、獲物に迫る群狼のように双眸《そうぼう》がひかっていた。

源九郎はお鶴の身を守るように前に立ち、北山はお鶴の左手に立って、切っ先を敵にむけていた。お鶴も無意識に、右手を前に出して手刀を構えた。

取り囲んだ武士たちの刀身が、闇のなかでにぶくひかっている。源九郎の正面に立った垣崎が、刀身を立てて八相に構えていた。腰を沈めているのは、天井に切っ先が触れないためであろうか。

垣崎は鋭い目で、源九郎を見つめながらジリジリと間をせばめてくる。他の武士も、すこしずつ間を寄せてきた。

お鶴は右手の痩身の男にむかって、無意識に手刀を構えていた。男の顔は闇にかすみ、目だけが白く浮き上がったように見えている。

お鶴は恐怖を覚え、胸の動悸が激しくなった。そのときふいに、お鶴の脳裏に黒覆面の賊が迫ってくる光景が見えてきた。記憶の闇のなかに、賊の姿がはっきりと輪郭をあらわしてきた。垣崎と同じ八相の構えをした者が迫ってくる。

……あの男は、垣崎だ！

と、お鶴は察知した。

そのとき、お鶴の右手にいた痩身の男が甲声《かんごえ》を発し、斬り込んできた。

タアッ！

鋭い気合を発し、源九郎が体をひねりながら刀をふるい、男の斬撃を払った。男の刀身がはじかれ、体勢がくずれた。その一瞬をとらえて、源九郎が二の太刀を横一文字に薙《な》いだ。

にぶい骨音がし、男の首が前に垂れ下がった。次の瞬間、男の首根から血が噴き、生暖かい血がお鶴の顔にかかった。

全身をつらぬくような激しい衝撃が疾《はし》り、お鶴は喉の裂けるような悲鳴を上げた。そのときだった。お鶴の脳裏に稲妻のようなひかりが疾り、ふいに記憶の闇が晴れた。まったく同じ場面に遭遇したことが、お鶴の記憶を呼び起こしたのである。

それは、凄まじい衝撃の場面だった。

……父が斬られたのだ！

黒覆面の賊が侵入し、お鶴の身を守ろうと前に立ちふさがった父が八相に構えた賊のひとりに首を斬られたのである。

父が右手から斬り込んできた男の斬撃をはじいた瞬間、八相に構えていた男が左手から踏み込みざま、刀身を横一文字に払ったのだ。まさに、一瞬の早業だった。

にぶい骨音とともに父の首が垂れ下がり、首根から噴出した熱い血飛沫《ちしぶき》がお鶴の顔にかかった。首のない父が、お鶴の目の前でくずれるように倒れていく。

お鶴はつんざくような悲鳴を上げ、その場に身を硬直させた。一瞬、目の前が真っ暗になり、お鶴は奈落の底に沈んでいくような気がした。そして、お鶴は自分がどこで何をしているのか分からなくなった。

その凄まじい衝撃と恐怖が、お鶴の記憶を奪ったのである。

「房江どの！」

お鶴の悲鳴を聞いた北山が、左手でお鶴の肩を抱きかかえた。強い力である。

北山はお鶴が、敵刃を受けたと思ったのかもしれない。凄絶な顔で、お鶴の体を支えようとしていた。

「だ、大事ありませぬ」

お鶴は我に返り、袖口で顔にかかった血をぬぐった。

そのとき、廊下側の障子が荒々しくあき、出島が目をつり上げて踏み込んできた。咄嗟《とっさ》に、垣崎と峰山たちが左右に身を引いて半身になった。背後からの攻撃にもそなえようとしたのである。

「いまだ、行け！」

源九郎がお鶴の肩先を押した。囲いのくずれた隙間をついて、廊下から外へ逃げろと指示したのだ。

お鶴ははじかれたように廊下へ飛び出し、北山がお鶴の身を守るように後ろに跟《つ》いた。

「逃さぬ！」

叫びざま、峰山が北山の背へ斬りつけようとした。

それを目にした源九郎は素早く踏み込み、袈裟に斬りつけた。峰山がのけ反り、背が斜に裂けた。峰山は絶叫を上げ、たたらを踏むように泳いで、頭から障子につっ込んだ。桟《さん》ごと破れる激しい音がし、峰山は障子ごと前に転倒した。血まみれになりながら、廊下を這《は》って逃れる。

源九郎は、さらに右手から斬りつけてきた敵刃を払い落とし、廊下へ飛び出した。

「追え！　逃すな」

垣崎が声を上げ、他のふたりとともに追ってきた。

三

お鶴が戸口から飛び出し、後に北山と出島がつづき、しんがりに源九郎がついた。背後から垣崎たちが追ってくる。

屋外は夜陰につつまれていたが、月明りが木々の黒い輪郭を浮かび上がらせていた。侵入した板塀へつづく道筋はなんとか識別できる。

そのとき、源九郎たちが飛び出してきた固屋の脇から、気合や怒号が起こった。黒い人影が乱れ、剣戟《けんげき》の音、足音、灌木を分ける音などがひびいた。菅井たちがやり合っているようである。

数人の人影が、板塀の方へむかって駆けていく。その後を追う人影もあった。白刃が月光を反射《はね》て闇のなかで皓《しろ》くひかり、ときおり閃光《せんこう》を曳く。

源九郎は走った。菅井たちに助勢する余裕はなかった。ここはお鶴の身を守るためにも、逃げるしか手はなかった。

砂浜へ通じる板塀の朽ちた場所まできたとき、源九郎は背後に迫る足音と、痺《しび》れるような剣気を感知した。

……垣崎だ！

振り返ると、八相に構えた垣崎が斬撃の間に迫っていた。

源九郎は振り返りざま、右手の刀身を振り上げた。

キーンという甲高い金属音がひびき、夜陰に青火が散った。

袈裟に斬り込んできた垣崎の刀身が撥《は》ね上がり、体が大きく泳いだ。走り寄りながらの斬撃だったため、体勢に無理があったようだ。

だが、源九郎も同じだった。振り返りざま強く刀身を振り上げたために重心がくずれてよろめき、板塀に背がぶち当たった。

源九郎はそのまま地べたを這って移動し、板塀の隙間からすり抜けた。体勢をたてなおした垣崎も板塀をすり抜けて追ってきた。

源九郎は、砂地を転げるように走った。

「旦那ァ、こっちだ！」

茂次が声を上げた。

茂次は艫《とも》に立ち、竿を握っていた。すぐ舟を出せるよう、用意していたらしい。すでに、お鶴と北山が舟に乗り込み、出島が舳先《へさき》のそばに白刃をひっ提げて立っていた。

別の舟には三太郎が乗り、やはり舟を出せるように竿を握っている。三太郎は舟を操るのは下手だが、出すことぐらいはできるだろう。

垣崎とふたりの武士が執拗《しつよう》に追ってきた。黒い三つの人影が砂地に足を取られながら、舟の方に近付いてくる。三人の手にした刀身が、月光を映して銀蛇のようにひかっている。

「溝口どのたちは？」

出島がけわしい顔で訊いた。

「まだだ」

源九郎が答えたとき、板塀の方に幾つかの人影があらわれた。月光に浮かび上がったのは、菅井たちだった。溝口がひとりの男を肩にかけ、その左右に菅井と橋木がついている。鉄之助を助け出したようだ。

すこし遅れて姿を見せたのは、ふたりの武士だった。菅井たちを追ってきたらしく、白刃をひっ提げている。ひとりは小刀を手にしていた。小太刀を遣う宇津木らしい。

「おのれ！」

垣崎が怒りの声を上げ、迂回して菅井たちの前に走り寄ろうとした。

「そうはさせぬ」

源九郎が砂地を走った。菅井も、垣崎と宇津木が相手では太刀打ちできないだろう。

走り寄る源九郎の姿に気付いた垣崎は足をとめ、対峙して八相に構えた。刀身を立て、切っ先で天空を突くような玄宗流独特の八相である。

「うぬは、生かしておかぬ」

垣崎は憤怒の形相で源九郎を見すえた。

だが、体に硬さはない。垣崎は足裏をするようにして身を寄せてきた。全身に気勢がみなぎり、どっしりと腰が据わっている。まさに、大樹のような構えだった。砂に、二筋の足跡が刻まれ、一尺二尺と伸びてくる。

源九郎の目に、中背の垣崎の姿がおおいかぶさってくるように見えた。源九郎は威圧を感じた。工藤より迫力がある。だが、源九郎は引かなかった。全身に気魄《きはく》を込め、斬撃の機をうかがった。

と、垣崎の体が伸び上がったように見え、刀身が白銀のようにひかった。

次の瞬間、鋭い気合とともに垣崎の体が躍動し、閃光が疾った。

迅《はや》い！　源九郎にも、その太刀捌《たちさば》きが見えなかった。

タアッ！

一瞬、遅れ、源九郎が反射的に垣崎の正面に斬り込んだ。無意識の反応だった。

鎬《しのぎ》を削る鈍い金属音がし、源九郎の肩先に疼痛が走った。かろうじて斬撃を受け流したが、垣崎の切っ先に肩先を裂かれたのだ。垣崎の斬撃が、源九郎のそれより一瞬迅く鋭かったのである。

ふたりは一合し、大きく間を取ってふたたび対峙した。

「次は、そっ首、落としてくれよう」

垣崎は八相に構え、すばやく間をつめてきた。

そのとき、源九郎の脇で砂地を駆け寄る足音がし、バッと砂が空に飛び、垣崎に降りかかった。茂次だった。舟から飛び下りた茂次が走り寄りざま、足元の砂を両手で掬《すく》ってかけたのである。

「な、なにをする！」

垣崎は袖で顔をおおって、後ろへ逃れた。

「旦那、いまだ」

茂次が声を上げた。

源九郎は肩先を押さえて、舟の方へ走った。血が流れ出ていたが、肉をえぐられただけのようだ。走りながら、菅井たちの方に目をやると、舟に乗るところだった。舳先のところにうずくまっている鉄之助らしい人影もある。

「早く、華町どの！」

すでに舟に乗っていた出島が声を上げた。

源九郎は茂次につづいて舟に飛び乗った。すぐに、茂次が竿を握って舟を出した。他の二艘も砂浜から離れていく。

後を追ってきた垣崎たちは波打ち際に立ち、離れていく舟を見つめていた。白刃をひっ提げた五つの黒い人影がしだいに遠ざかっていく。

……無事、ふたりを助け出せたようだ。

源九郎は後続の二艘に目をやりながらつぶやいた。

降るような星空だった。大川の川面が月光を反射て、銀色にかがやいていた。河口の先には江戸湊の海原が黒々とひろがっている。帆を下ろした大型の廻船が波の起伏に合わせて黒い船体をゆらしているのが見えた。

三艘の猪牙舟は、大川を溯《さかのぼ》っていく。水押しが水面を分ける水音と風音が、舟をつつみこむように聞こえていた。

お鶴は船底に座り、両腕で己の身を抱くようにして顫《ふる》えていた。その肩に腕をまわして、北山がいたわるように抱いている。

四

対岸の深川の灯が、夜陰のなかにチカチカとまたたいていた。消え入りそうな弱々しいひかりである。

川面の黒い波の起伏を水押しで砕きながら、お鶴たちを乗せた舟が溯上《そじょう》していく。

……真吾さま。

お鶴は胸の内でつぶやいた。お鶴は暖かくたくましい北山の胸に肩先をあずけて、深川の灯を見つめていた。

お鶴はすべて思い出していた。名は房江、黒江藩大目付田代助左衛門の長女だった。北山は房江の許嫁《いいなずけ》である。このような事件がなければ、来春には祝儀を挙げる予定だったのだ。

黒江藩領内の田代家に、黒装束の賊が押し入ったのは晩秋のころだった。その夜、居間から寝間に行って休もうとした房江は、引戸を蹴破るような音につづき、廊下を走る荒々しい足音を聞いて身を竦《すく》ませた。

「うろたえるな、房江」

居間にいた父は、すぐに床の間の刀掛けにあった大刀を手にした。父は自邸に道場をひらいているほどの玄宗流の達者である。すこしも、臆した様子はなかった。

そのとき、居間にいたのは房江と父のふたりだけである。兄の鉄之助と母の登勢は別室にいた。兄も玄宗流をよく遣う。また、別棟には黒江藩士の子弟で、藤《ふじ》沢喬平《さわきょうへい》、立野隆三郎《たつのりゅうざぶろう》のふたりの内弟子がいた。藤沢と立野も玄宗流の遣い手であった。田代家には、夜盗など恐れぬ達者がそろっていたのである。

咄嗟に、房江も刀掛けの小刀を手にした。父とともに、賊と戦おうとしたのである。

居間に侵入してきた賊は、三人だった。他にも賊はいるらしく、廊下を奥へ走る足音が聞こえた。

「うぬら、何者だ！」

父が喝するような声で誰何《すいか》した。

三人の賊は黒覆面で顔を隠していた。二刀を帯び、襷で両袖を絞り袴の股だちを取っている。その身支度から、夜盗や野伏せりの類でないことが知れた。他藩の者であるはずがない。となると、黒江藩士ということになる。

三人の賊は無言だった。双眸が薄闇のなかで異様にひかっている。八相に構える者がふたり、ひとりは下段に構えていた。

いずれも、遣い手らしい。腰が据わり、構えに隙がなかった。特に、左手に立った男が手練らしかった。房江でさえ、その八相の構えに身の竦むような威圧を感じたのである。

「うぬら、内藤さまの手の者だな」

父は房江を守るように前に立ちながら質《ただ》した。

「問答無用!」

叫びざま、右手の男が八相から袈裟に斬り込んできた。

父はその刀身を容易にかわせたはずだ。だが、父は体を右手にむけながら、その斬撃をはじき上げた。咄嗟に、右手の男の切っ先が背後にいる房江にまで伸びると感知したからである。

刹那、左手にいた男が、八相から刀身を横一文字に払った。父が見せた一瞬の隙をついた迅雷の斬撃だった。

次の瞬間、父の首が垂れ、首根から血が奔騰した。

房江の口からすさまじい悲鳴がほとばしり出て、一瞬意識を失った。だが、倒れることもなく、房江は意識を取り戻した。

頭のなかは真っ白だった。自分がどこで何をしているかも分からなかった。白刃を持った黒覆面の男が眼前に迫ってくる。房江は小太刀を構えて後じさった。

そのとき、廊下で激しい足音がし、荒々しく障子があいた。姿を見せたのは内弟子の藤沢と立野だった。このとき、房江は頭のなかは混沌とし、藤沢と立野が何者なのかも分からなかった。記憶を失っていたのである。

藤沢と立野は刀を抜いて、果敢に立ち向かった。だが、三人の賊の腕の方が勝っていた。特に、父を斬った男が抜群の冴えを見せた。先に踏み込んできた藤沢に対し、一気に間をつめて八相から鋭い袈裟斬りをあびせた。

藤沢はかろうじて受けたが、肩口を裂かれ、胸部が朱に染まった。

「房江さま！　逃げて」

立野が悲鳴のような声を上げた。

房江は廊下に走り出た。奥の方で、女の絶叫と何か家具を倒すような音が聞こえた。房江は逡巡《しゅんじゅん》した。戸口へ逃れるべきか、奥へ助勢に行くべきか。房江は恐怖と不安とで、自分が何をすべきかも分からなかったのである。

そのとき、廊下の奥に人影があらわれ、房江の方に走ってきた。ざんばら髪で白刃をひっ提げていた。凄まじい形相だった。顔にどす黒い返り血を浴び、目がつり上がっている。兄の鉄之助だったが、房江は兄の記憶さえ失っていた。ただ、黒覆面をしていなかったこともあり、房江は敵ではないと察知した。

「房江、こっちだ」

鉄之助は房江の手を取り、廊下を走り、引戸をあけて外へ飛び出した。房江はされるがままに、鉄之助にしたがった。

鉄之助は母屋の隅の納屋に房江を連れ込んだ。狭く真っ暗な小屋だった。ふたりは埃をかぶった長持の陰に屈み込んで凝《じっ》としていた。

「賊は、内藤派の者たちだ。母上が殺された。調書を奪い、田代家の者を皆殺しにするつもりらしい」

鉄之助は、激しく体を顫わせながら憎悪に目をひからせて言った。

ふたりは夜が明けるまで、納屋のなかにひそんでいた。入口の引戸の隙間から淡いひかりが射し込むころ、

「房江、ここにいろ。様子を見てくる」

そう言い残し、鉄之助は納屋から出ていった。

小半刻（三十分）ほどして、鉄之助はもどってきた。顔が蒼ざめ、目がひき攣っていた。

「父上も、藤沢たちも殺された。房江、すぐに、発たねばならぬぞ」

鉄之助は声を震わせて言った。

「あなたさまは……」

房江は怯《おび》えるような目をして訊いた。このとき、房江は兄の鉄之助がだれなのか分からなかったのだ。昨夜以前の記憶がまったくないのである。

「な、なに」

鉄之助は驚いたような顔をして房江の顔を見た。

「わ、わたしはだれなのです？」

房江は困惑に顔をゆがめて訊いた。自分の名すら分からないのだ。

「……！」

鉄之助は驚愕《きょうがく》に目を剝いて、房江の顔を見つめた。一瞬、房江が何を言っているのか分からなかったらしい。ただ、房江の思いつめたような顔を見て、戯言《たわごと》だとは思わなかったようだ。

「な、何も思い出せないのです。あなたさまのことも……」

房江は絞り出すような声で言った。

「おまえ、まさか！」

鉄之助は息を呑んだ。いっとき鉄之助は目を剝いたまま房江の顔を見つめていた。しだいに、驚愕の表情が消え、呆然《ぼうぜん》とした顔に変わってきた。鉄之助は、昨夜の惨劇のなかで房江の神経に異変が生じたことを察知したようだ。

「と、ともかく、この屋敷にとどまることはできぬ。房江はおれといっしょに江戸へ行くのだ」

気を取り直し、鉄之助は房江の手を取って屋敷内へ連れていった。

鉄之助は奥まった部屋に房江を座らせると、おまえは、見ない方がいいだろう、と小声でつぶやき、

「ここで待っていてくれ」

と言い置いて、出ていった。

房江は言われたとおり、その場に座していた。鉄之助はなかなか姿を見せなかったが、半刻(一時間)ほどすると、蒼ざめた顔でもどってきた。

「父上と母上は仏間に運んでおいた。われらの任務を終え、ふたたびこの屋敷へもどってくることができたら、ふたりで懇《ねんご》ろに葬ってさしあげよう」

鉄之助はそう言うと、頭を垂れて涙を流した。

いっとき座したまま凝としていたが、やがて立ち上がると、押入れから二人分の白衣や笈《おい》を取り出した。

「このようなことがなくとも、われらは二、三日のうちに巡礼に身を変えて、江戸へ発つ手筈になっていたのだ。……房江、記憶を失っては、何も分かるまいが、父上と母上の無念を晴らすためにも、何としても江戸までたどりつき、父上から預かった物を江戸のご家老にお渡しせねばならぬぞ」

鉄之助がけわしい顔で言った。

「……」

房江は黙っていた。何と答えればいいのか分からなかったのである。ただ、胸の内で、自分の記憶がもどるまで、この人にしたがうしかない、と思っていた。

「房江、おまえは思い出さぬ方がいいので教えぬが、父上から預かった物はおまえの身辺に隠してある。巡礼の着物、持ち物など、身辺から離さぬようにな」

鉄之助は念を押すように言った。

房江は無言でうなずいた。

すぐに、ふたりは巡礼の衣装に着替え、隣家の住人の目を盗むようにして屋敷を出た。

五

舟の前方に新大橋が見えてきた。夜陰のなかに長い橋桁や橋脚が黒々とそびえ立っている。

……あの橋を渡ってすぐに華町さまに助けられたのだ。

と、房江は思った。

鉄之助は、国許から追ってきた垣崎たちに捕らえられてしまった。垣崎たちは先に江戸へ着き、江戸勤番の峰山たちとともに、浅草御門あたりで見張っていたのだ。房江と鉄之助が、奥州街道から日光街道へ出て江戸へ入ると読んだのであろう。

……兄上は、わたしよりひどい目に遭ったようだ。

房江は後続の舟に目をやった。

中屋敷から助け出された鉄之助が、その舟に乗っている。峰山たちの手で拷問を受けたにちがいない。体は衰弱し、顔は青痣《あおあざ》だらけだった。自力では歩けないほど弱っている。

鉄之助の痛ましい姿を思い出したとき、房江の胸に激しい憎悪の炎が燃え上がった。

……何としても、垣崎たちに一太刀なりともあびせたい。

房江はまだ藩内にどのような騒動があるのか、くわしいことは知らなかった。だが、父の首を刎《は》ねたのは、垣崎であることは分かった。中屋敷内で八相の構えを見たとき、賊のそれと重なったのだ。それだけではない。母を殺し、鉄之助を痛めつけたのも、垣崎たちの仲間なのである。

房江は北山の胸に肩先をあずけていたが、許嫁といっしょにいるという甘い気持は消えていた。夜陰を見つめた目は憎悪にひかっていた。

やがて、三艘の舟は出発した日本橋川の桟橋に着いた。舟から下りると、房江は鉄之助のそばに走り寄った。中屋敷内で顔を合わせただけで、助けられてから話もしてなかったのだ。

溝口の肩に腕をまわし、足を引きずるようにして桟橋を歩いてくる鉄之助に、房江は顔を寄せた。

「あ、兄上、房江です」

房江は鉄之助の顔を見つめた。

溝口が足をとめると、源九郎をはじめ北山や橋木などの藩士たちも兄妹を取り巻くように集まってきた。

「き、記憶がもどりました」

房江の胸に国許を発ってからの様々な出来事がよぎり、声がつまった。

「ふ、房江……。よかったな」

鉄之助の土気色の顔に喜色が浮いた。

「華町さまたちに、助けていただいたお蔭でございます」

房江は背後にいる源九郎を振り返った。

源九郎は顔をくずし、

「これからは、房江どのと呼ばねばならぬな」

と言って、傍らにいる菅井や茂次と顔を見合わせた。

「房江」

鉄之助が声を改めて言った。顔から喜色が消え、こわばった表情が浮いた。

「巡礼の衣装はどうした」

鉄之助は房江を見ながら訊いた。房江は町娘のような縞柄の袷《あわせ》を着ていた。長屋の女房が貸してくれたものである。

「長屋に置いてもらってあります」

「帯は？」

「帯もあります」

「そうか」

鉄之助は、肩を借りている溝口に、これからすぐに長屋へ行き、房江の帯を持ってきていただけぬか、と訊いた。

「国許から持参した調書は、その帯のなかに」

と、鉄之助が言い添えた。

「承知した」

溝口が顔をひきしめて言った。

十人はその場で分かれることにした。溝口、北山、房江、それに源九郎たち長屋の者がはぐれ長屋へ、鉄之助は橋木と出島といっしょに青蓮寺へ行き、そこで傷の手当てをすることになった。

溝口たちは、房江に鉄之助といっしょに青蓮寺へ行くよう勧めたが、

「わたしの着衣ゆえ、何としてもご一緒いたします」

房江はそう言って、きかなかった。

はぐれ長屋は夜の帳《とばり》に沈んでいた。洩れてくる灯もなく寝静まっている。近くの芥溜《ごみため》にでもいるのか、猫の声が妙にはっきりと聞こえた。

源九郎は座敷に上がると、手探りで石を打ち、行灯に火を入れた。すぐに、房江が部屋の隅にあった笈のなかから笈摺、帯、白衣、手甲、脚半などを取り出して確認した後、帯だけを手にして土間で立っている溝口たちの前に持ってきた。

「これでございましょう」

幅三寸弱の白木綿の帯だった。白衣の帯にしては幅もひろく、厚みもあった。

そう思って見れば、なかに何か隠してあるようにも見える。

「房江どの、帯の脇を裂き、なかをあらためてもかまいませぬか」

溝口が訊いた。

「はい」

房江はすぐにうなずいた。

溝口は小刀を抜き、帯の脇を縦に裂いた。なかに油紙でつつんだ書類が折り畳んでしまってあった。十数枚の書類が入っていた。長い帯に均等に入れて厚みを同じようにしたらしい。

溝口は書類の折り目を丁寧《ていねい》にひろげ、一枚一枚に目を通していたが、

「これで、内藤とその配下の者たちの悪事があばけます」

と、声を強くして言った。溝口は内藤と呼び捨てていた。悪事に確信を持ったことで、憎しみが倍増したのかもしれない。

溝口によると、書類は、田代が三好沼の干拓事業の金の流れを調べたものだという。勘定奉行の河出彦右衛門が作成した普請の見積もり書、普請奉行の槙江信蔵による人足への支払い書、実際の資材の量や人足数を記した調書、内藤の名で出された郷田屋からの金の請取《うけと》り。それらの書類の写しと現物の一部だという。

田代が配下の目付を使って丹念に調べ上げ、書類も手にしたにちがいない。

「内藤とその一派は、これが野沢さまに渡ることを恐れ、田代さまを暗殺し、鉄之助どのと房江どのを監禁して奪おうとしたのでござる」

「そのようだな」

源九郎にも、内藤派が領内の豪商と結託し、甘い汁をすっていたことが分かった。ただ、江戸の貧乏長屋の住人にとっては遠い世界の出来事である。源九郎や長屋の者たちは、房江を敵の手から守ってやりたかっただけなのだ。

「さて、房江どのは、これからどうするな」

源九郎が訊いた。

まだ、普請奉行の槙江、それに国許から鉄之助と房江を追ってきた垣崎、宇津木、下田の三人は江戸にいるのである。鉄之助と房江が藩邸で過ごすのは危険過ぎるだろう。

「しばらく、青蓮寺で兄の看病をしたいのですが」

房江がそう言って、北山の方に目をむけると、

「愛宕下の柴井町に町宿している者がおります。青蓮寺のすぐちかくですし、野沢さまの手の者ですので、心安く宿を貸してくれると思います」

と、北山が言った。

「それがいい」

源九郎がそう言うと、房江はうなずいた。

すでに、寅ノ刻（午前四時）ごろだった。溝口たちは、払暁を待ってから長屋を出た。

「華町さま、お助けいただいたご恩、終生忘れませぬ」

房江は源九郎をはじめ、その場に居合わせた菅井たち長屋の者にひとりひとり礼を言ってから出ていった。

六

「おい、雪だぞ」

源九郎が戸口の方に首を伸ばし、将棋盤を睨《にら》んでいる菅井に声をかけた。

腰高障子の破れ目から、チラチラと白い物が落ちてくるのが見えた。細雪である。朝から厚い雲が垂れこめ、いまにも降りそうだったが、落ちてきたようだ。

菅井は、雪に降られては商売にならぬ、と言って、朝から好きな将棋を指すために、源九郎の部屋に上がり込んでいた。菅井は両国広小路で居合抜きを観《み》せて銭をもらっていたが、何か理由をつけては仕事を休み、源九郎のところへ顔を見せるのだ。

「積もるかな」

「どうかな」

菅井は将棋盤に目を落としたままである。菅井の形勢が悪かった。頼みの飛車の逃げ場がない。雪どころではなかったのであろう。

いっとき、菅井は唸《うな》り声を上げて将棋盤を睨んでいたが、

「これだ！」

と声を上げ、源九郎の角の前に歩を打った。飛車と角を交換するつもりらしい。

「なかなかの手だ」

「形勢逆転だな」

菅井は、ニンマリと笑った。

そんなことはなかった。角を逃がしても、飛車はとれる。それでも、源九郎は角をそのままにして、王を攻めた。その方が、早く詰むと読んだからである。

「では、角をいただくか」

菅井が歩を進めて角を手にしたとき、戸口で複数の足音がした。聞きなれた長屋の者の足音ではないようだ。

「だれか、来たぞ」

源九郎が振り返った。

腰高障子があいて、姿を見せたのは房江、溝口、北山の三人だった。三人は肩先や胸元の雪を落としてから土間に入ってきた。

「これは、おそろいで」

源九郎は立ち上がった。

菅井は角を握ったまま未練がましく将棋盤を見ていたが、あきらめたらしく、将棋の駒を片付け始めた。

「将棋ですか。お楽しみのところ、申し訳ござらぬ」

溝口が白い息を吐きながら言った。

房江は、その節はいろいろとありがとうございました、と小声で言って、源九郎と菅井に頭を下げた。

頬が赤く染まっている。いくらか、ふっくらしたようである。頬にあった痣もうすくなり、ほとんど分からなくなっていた。ただ、顔に笑みはなかった。目には思いつめたようなひかりがあり、けわしい表情をくずさなかった。

「実は、華町どのと菅井どのに、お頼みしたいことがあってまいったのです」

溝口が声をあらためて言った。

「ともかく、腰を」

源九郎は上がり框《がまち》に、三人の腰を下ろさせた。戸口に立たせたまま話をするわけにもいかなかったのである。

「垣崎たちのことですが、このままというわけにはいきません」

「それで？」

源九郎たちが中屋敷から鉄之助と房江を救出して、十日ほど経っていた。この間、源九郎は溝口と一度会い、その後の様子を聞いていた。

発見された調書類はただちに江戸家老の野沢の手に渡り、とりあえず江戸に来ていた普請奉行の槙江とその配下の者が、野沢や目付の手で吟味を受けたという。その取り調べのなかで、配下のひとりが、田代家へ押し入り、田代助左衛門と妻、それに内弟子ふたりを斬殺したのは内藤派の者たちであることを証言した。

もっとも、房江はその八相の構えから父を斬ったのは垣崎であることをつかんでいたし、また、母の登勢と居合わせた鉄之助は、母の胸を刺した男が小太刀を遣ったことから宇津木だと分かっていた。

「さらに、槙江の配下の者を取り調べた結果、田代家へ押し入ったのは、垣崎、宇津木、下田、それに国許にいるふたりの家臣であることが判明したのです」

溝口が言った。垣崎、宇津木、下田は、鉄之助と房江を追って国許から江戸へ来ていた。おそらく、三人には田代家で討ちもらしたふたりを始末したい気もあったのだろう。

「わしらへの頼みとは」

源九郎が訊いた。

「実は、垣崎たち三名が、国許へ帰ることになったのです」

「それはまた、どうして」

垣崎たちは藩の大目付の屋敷に侵入し、当主とその妻、さらにふたりの内弟子を斬殺したのである。どのような理由があろうと、断罪は免れぬはずだ。国許に帰して処刑する手もあろうが、途中逃亡の恐れがある。

「鉄之助と房江どののたっての願いを、ご家老がお聞きくだされたのです」

「……」

「父と母の無念を晴らしたいのです」

房江が強い口調で言った。

「敵を討つというのか」

どうやら、野沢は鉄之助と房江に両親の敵を討たせるために、垣崎たちに国許へ帰ることを許したらしい。処罰する前に、兄妹に敵討ちの機会を与えたのであろう。

「はい。何としても、垣崎と宇津木だけは、われらの手で討ちとうございます」

房江は毅然とした顔で言った。

垣崎が父の助左衛門を、宇津木が母の登勢を斬ったのである。房江の気持は分かったが、容易な相手ではない。垣崎と宇津木は玄宗流の達人だった。しかも、相手は下田をくわえて三人である。返り討ちにあう可能性の方が高かった。

「それで、華町さまと菅井さまに助太刀をお願いしたいのです」

房江が言うと、傍らにいた北山も、なにとぞ、ご助勢を、と言って、低頭した。どうやら、北山も兄妹とともに、敵討ちにくわわる気のようだ。

「うむ……」

源九郎は、助太刀してもいい、と思った。敵討ちはともかく、垣崎とは剣客として勝負を決したいと思っていたし、用心棒代として百両もらったが、まだそれだけの働きをしていないとの気持もあったのである。

ただ、菅井がどう思うかである。源九郎が菅井に質すと、

「いずれ、垣崎、宇津木とは立ち合うつもりでいたよ」

菅井は、もっともらしい顔をして言った。

「助勢いたそう」

源九郎が言った。

第六章　敵討ち

一

曇天だった。街道は寒々として、いつもより人通りも少ないようだった。路傍の日陰や樹陰などに、三日前に降った雪が残っている。道もぬかるんでいるところが多かったが、風がない分だけ凌《しの》ぎやすいかもしれない。

源九郎と菅井は、日光街道の千住宿に入ってすぐの茶店にいた。そこは中村町で、小塚原《こづかつぱら》の仕置場の先になる。

「持つかな」

菅井が雲でおおわれた上空を見上げながら言った。

「すこし、雲がうすくなってきた。雪の心配はあるまい」

源九郎も空を見上げて言った。

西の空が、すこし明るくなってきていた。晴れてくるかもしれない。

源九郎と菅井は、合羽を身にまとい手甲脚半に草鞋《わらじ》履きの旅装束だった。もっとも旅をするつもりはなく、足元をかためるためと寒さ凌ぎである。

五ツ（午前八時）過ぎだった。曇天のせいか、夕方のような感じがする。旅人や馬子は合羽や蓑に身をつつんで、足早に通り過ぎていく。

この日、源九郎と菅井は払暁前に、はぐれ長屋を出ていた。昨日、長屋に北山が姿を見せ、明朝、垣崎、宇津木、下田の三人が藩邸を出て国許に帰るらしいので、千住宿の茶店で待っていて欲しい、との連絡を受けたのである。

「三人だけか」

源九郎は北山に念を押した。内藤派の者が同行する懸念があったからである。

「敵は三人で、われらは四人です」

北山によると、房江、鉄之助、北山、それに検分役として溝口も同行するという。源九郎と菅井がくわわれば、六人ということになる。鉄之助は傷も癒えて、刀をふるえるだけに回復したという。

それでも、味方が有利というわけではなかった。垣崎と宇津木は玄宗流の手練《てだれ》だし、下田もそこそこ遣える。味方は人数こそ多いが、検分役の溝口は手を出さないだろうし、房江は女である。それに、鉄之助は拷問を受けた体がまだ回復しきっていないはずだ。結局、源九郎と菅井が中心になって、垣崎たちに立ち向かうことになるだろう。

「分かった。先に行って千住宿で待っていよう」

源九郎はそう答え、今朝、菅井と長屋を発って茶店で待っていたのである。

「宿場で斬り合うわけにはいかんな」

菅井が言った。

街道沿いには、茶店、旅籠《はたご》、問屋場《といやば》などがあり、旅人、駄馬をひく馬子、駕籠《かご》かきなどが、行き交っていた。斬り合いなど始めれば大騒ぎになるだろう。当然、敵討ちの願いは出されていようが、騒ぎを大きくしたくなかった。

「千住大橋を渡り、草加《そうか》に入ってからがよかろう」

千住大橋を過ぎてしばらく歩けば、田圃《たんぼ》や雑木林のつづく草加の在になるはずだった。そこまで行けば、街道も静かになり、それほどの騒ぎにはならないはずだ。

ふたりでそんな話をしているところへ、房江、鉄之助、溝口の三人が姿を見せた。三人とも旅装で、菅笠をかぶって顔を隠していた。

「われらは、先に青蓮寺を発ちました」

菅笠を取って、鉄之助が言った。

まだ顔には、幾筋もの青痣《あおあざ》が残っていた。頰もこけて、顔色も生気がなかったが、双眸《そうぼう》は射るようにするどかった。両親の敵討ちを目前にした凄絶さがある。

房江も同様だった。色白の顔が蒼ざめ、目をつり上げていた。

「北山どのは」

「垣崎たちが上屋敷を出るのを見届けてから、駆け付ける手筈になっております」

溝口が言った。

鉄之助たちが来て、小半刻（三十分）も経たぬうちに、北山が到着した。

「上屋敷を出ました。三人だけです」

北山が声をつまらせて言った。だいぶ急いだらしく、息が上がり、額に汗が浮いていた。

「されば、この先の草加で待とう」

そう言って、源九郎は茶店の親父に茶代を渡して街道へ出た。

源九郎たち一行は、日光街道を草加方面にむかい、荒川にかかる千住大橋を渡って草加へ出た。

街道沿いの民家が少なくなり、田畑や雑木林などが目立つようになってきた。旅人や馬子などの姿もまばらになり、街道は急に寂しくなった。

「あの辺りは、どうかな」

源九郎が指差した。

街道の右手が松林、左手が雑木林になっていた。野鳥の啼き声が聞こえた。付近に民家はなく、ひっそりとしている。足場も悪くない。それに、松林のなかに身を隠して、垣崎たちが来るのを待つことができそうである。

「いい場所です」

溝口が答えると、鉄之助たち三人がうなずいた。

五人は松林の灌木の陰で、身支度を始めた。源九郎と菅井は襷《たすき》で両袖を絞っただけだが、鉄之助と北山は袴の股だちを取り、白襷に白鉢巻という扮装《いでたち》である。房江も白襷で両袖を絞り、白鉢巻きをした。懐剣で戦うつもりのようだ。

五人は体が冷えるのを防ぐためにそれぞれ戦いの支度の上に合羽を羽織り、ばらばらになって樹陰に身を隠した。垣崎たち三人を逃がさぬよう、一気に飛び出して取り囲むつもりだったのである。

「来た！」

灌木の陰にいた北山が声を殺して言った。

見ると、旅装束の武士が三人、足早にやってくる。それぞれ菅笠をかぶっていて、顔は分からなかったが、その体軀には見覚えがあった。垣崎たち三人に間違いない。

三人は、源九郎たちの前に迫ってきた。

「出るぞ」

源九郎が声をかけ、松林から走り出た。

つづいて、四人が垣崎たち三人を取り囲むように飛び出した。

垣崎はギョッとしたように立ちすくんだが、その身支度を見てすぐに鉄之助たちと気付いたらしく、

「敵だ！」

と声を上げ、三人が背を合わせるように立って身構えた。逃げる気はないようである。立ち向かうようだ。

ちょうど、垣崎たちの後ろから通りかかった夫婦連れらしい旅人が、悲鳴を上げて逃げもどった。

林間の街道に、八人の男女が対峙した。溝口だけは、すこし離れた路傍に立っ

ている。

「垣崎、宇津木、下田、父母の敵！」

鉄之助が声を上げ、

「田代助左衛門が娘、房江、垣崎、覚悟！」

と、房江が懐剣を構えた。顔が蒼ざめ、目だけが鋭くひかっている。かなり気が昂《たかぶ》っているようだ。

つづいて、房江の脇に立った北山が、

「北山真吾、助太刀いたす！」

と、声を張り上げた。こちらも、興奮しているらしく、身が顫《ふる》えている。

「ちょうどよい、帰参の土産に返り討ちにしてくれるわ」

そう言って、垣崎がかぶっていた菅笠を路傍に放り投げた。

宇津木と下田も菅笠を投げ、両袖をたくし上げて睨《にら》むように鉄之助たちを見すえた。三人とも豪胆らしく、すこしも臆した様子はなかった。いずれも、ふてぶてしい面構《つらがま》えである。

二

源九郎は、ゆっくりと垣崎の右手にまわり込んだ。

垣崎には房江が対峙していたが、初めから源九郎は房江に助勢して、垣崎を相手にするつもりだったのだ。

鉄之助は下田と相対していた。脇には北山がいる。ふたりがかりで、下田を斃《たお》すことになっていた。

一方、菅井は宇津木の前に近寄っていった。菅井は、ひとりで宇津木を相手にすることになる。それが、菅井の望みでもあった。菅井も源九郎と同様、剣客として宇津木と勝負したかったのである。

溝口は検分役として、離れた路傍に立ったまま動かなかった。むろん、戦いの様子を見て、鉄之助たちに助勢する肚《はら》でいた。

「華町源九郎、ゆえあって房江どのに助太刀いたす」

源九郎は抜刀して、垣崎の前に進み出た。

「多勢でなければ、おれを討てぬか」

垣崎は口元に不敵な笑いを浮かべて抜刀した。

である。

「返り討ちにしてくれるわ」

垣崎は刀身を立て、天空を突き上げるような八相にとった。玄宗流独特の構えである。

垣崎の左手にまわった房江は、右手に持った懐剣を前に突き出すように構えた。切っ先を垣崎の左籠手《こて》につけている。

垣崎は底びかりのする双眸で源九郎を見すえながら、趾《あしゆび》を這《は》うようにさせてジリジリと間合をせばめ始めた。その構えにしだいに気勢が満ち、一撃必殺の気《き》魄《はく》がみなぎってくる。

源九郎は気を鎮め、垣崎の斬撃の起こりをとらえようとしていた。

静寂が辺りを支配していた。痺《しび》れるような剣気がふたりをつつんでいる。その剣の磁場のなかで、対峙したふたりの間がすこしずつ狭まってくる。

一足一刀の間境の手前で、垣崎の寄り身がとまった。

八相と青眼。全身に斬撃の気配を見せ、気魄で攻め合っている。ふたりは微動だにしなかった。

数瞬が過ぎた。ただ、ふたりに時間の経過の意識はなかった。一瞬だったのか、それとも小半刻（三十分）ほども過ぎたのか。ふたりはすべての気を相手に集中して、対峙していた。

と、左手にいた房江が、一歩踏み込んだ。

刹那、源九郎と垣崎の間に稲妻のような剣気が疾《はし》った。

イヤアッ！

タアッ！

ふたりの裂帛《れっぱく》の気合が静寂を劈《つんざ》き、体が躍動した。

垣崎は八相から袈裟《けさ》に、源九郎は青眼から踏み込みざま面へ。二筋の閃光《せんこう》が、ふたりの顔の前で交差した。

源九郎の着物の肩先が裂け、垣崎の頬に血の線がはしった。が、ふたりともかすり傷である。

次の瞬間、ふたりは大きく背後に跳び、ふたたび青眼と八相に構えあった。

そのときだった。

「父の敵！」

叫びざま、房江が垣崎に身を寄せて懐剣を突き出した。垣崎が八相に構えた一瞬の隙《すき》をついたのである。

「小娘が！」

垣崎は体をひねりざま刀身を払って、房江の懐剣を撥《は》ね上げた。懐剣がはじかれ、房江の体が泳いだ。

間髪を入れず、源九郎が踏み込みざま垣崎の手元へ斬り込んだ。

垣崎の右の前腕が裂けた。一瞬、ひらいた肉の間から白い骨が覗いたが、すぐに迸《ほとばし》り出た血に染まった。

垣崎は体勢を立て直し、源九郎に斬り込もうと刀身を振り上げた。その瞬間、房江が飛び込み、垣崎の脇腹に懐剣を突き込んだ。

だが、浅い。腹の皮肉をえぐっただけである。

「おのれ！」

憤怒に顔をゆがめ、垣崎は房江の胸を突こうと刀身を後ろに引いた。

瞬間、源九郎が踏み込みざま、鋭く刀身を横に払った。

切っ先が喉笛を斬った。

ヒュゥ、という喘鳴《ぜんめい》とともに血が、赤い帯のように噴出した。

「垣崎！……父の敵！」

房江は叫び声を上げ、二度垣崎の脇腹を刺した。

二度目が深く刺さり、房江は垣崎と身を密着させた。房江は懐剣を握りしめたまま、父の敵、父の敵……と、繰り返し声を上げている。

垣崎は瞠目《どうもく》し、歯を剝《む》き、血まみれになって、その場につっ立っていた。

垣崎の首根から噴出した血が驟雨《しゅうう》のように房江の顔にかかった。房江の色白の顔や首筋の肌が真っ赤に染まっていく。

……鶴が血に染まっている。

と、源九郎は思った。

夜叉のような顔だった。怨念と憎悪の血が、房江の顔を豹変させたのだ。

垣崎の体が、グラリと揺れた。二、三歩、前によろめき、腰からくだけるように転倒した。

房江は荒い息を吐きながら、血に塗《まみ》れた懐剣を手にしてつっ立っていた。顔も体も血まみれで、目ばかりが白くひかっている。

勝負は天の差配だったのかもしれない。源九郎は知らなかったが、垣崎が田代助左衛門の首を刎《は》ねたときと同じような状況になったのである。

源九郎は菅井と鉄之助の方に目を転じた。菅井は宇津木と対峙していた。鉄之助と北山が、宇津木の左右に立ち、切っ先をむけていた。ふたりの体が返り血を浴びて赤く染まっている。下田を斃し、宇津木を討つべく菅井の許へ駆けつけたようだ。

三

菅井はすでに抜刀していた。抜きつけの一刀を宇津木にあびせ、かわされていたのだ。

……すばやい！

宇津木の動きは敏捷《びんしょう》だった。宇津木は腰を沈め、小太刀を前に突き出すように構えた体勢から難敵だった。

猿のようにすばやい動きで、菅井の抜きつけの斬撃をかわしたのだ。

「うぬの居合では、おれに勝てぬ」

宇津木の口元にうす笑いが浮いた。抜刀すれば、居合の威力は半減するとの読みがあるらしい。

「そうかな」

菅井は、勝負はこれからだと思っていた。

菅井は下段に構えていた。初めて宇津木に対戦したとき、小太刀は下からの攻撃に弱いとみていたのである。

宇津木が足裏をするようにして間合を狭めてきた。小太刀の切っ先が、ピタリと菅井の左目につけられている。

気魄のこもった構えだった。菅井はそのまま切っ先が伸びてきて、左目を突かれるような気がした。

鉄之助と北山もそれぞれ青眼に構え、宇津木との間をすこしずつつめていく。ふたりの目が異様なひかりを帯び、切っ先が震えていた。下田を斬った血の昂りが、平静さを奪っているのである。

菅井と宇津木との間がさらにつまった。斬撃の間境に迫っている。

フッ、と宇津木の小太刀が前に伸びた。

反射的に菅井の腰が沈む。

刹那、ふたりの間に斬撃の気が疾った。

気合はなかった。突如、飛鳥のように宇津木の体が前に跳んだ。間髪を入れず、菅井が下段から逆袈裟《ぎゃくげさ》に斬り上げる。

カキッ、という金属音が宇津木の手元で聞こえ、さらに体が菅井の胸元に迫った。宇津木が菅井の逆袈裟の太刀を受け、ふところに飛び込んできたのだ。玄宗流小太刀の寄り身の妙だった。ふところに飛び込まれれば、突くなり斬るなり小太刀の思いのままになる。

瞬間、菅井は脇へ跳びながら刀身を横に払った。

宇津木が小太刀を斜に斬り上げる。

ふたりの一瞬の反応である。菅井の着物の胸が斜に裂け、宇津木の右肩が裂けて二の腕が露出した。血の色があったが、深い傷ではない。

両者は後じさって間を取ったが、動きをとめなかった。宇津木はすばやい動きで前に出てきた。菅井も動いた。下段に構えて、自分から間をつめたのである。

ふたりの間が一気に狭まった。

イヤアッ！

突如、菅井が下段から逆袈裟に斬り上げた。斬撃の間境の外である。

菅井の切っ先が宇津木の眼前で、空を斬った。

すかさず、宇津木が飛び込む。

が、菅井は刀身をすばやく返し、斜に払った。菅井の初太刀は捨て太刀だった。宇津木に飛び込ませ、逆袈裟から切り返して二の太刀をふるったのである。

宇津木の斬撃も迅《はや》かった。袈裟に斬り下ろした小太刀と菅井の斬撃とがほぼ同時だった。

次の瞬間、キーン、という甲高い金属音がひびき、宇津木の小太刀が虚空に飛んだ。

両手でふるった大刀と片手の小太刀の差だった。菅井の強い斬撃に刀身をたたかれ、宇津木の手から小太刀が飛んだのである。

「今だ！」

菅井の声にはじかれたように、左手にいた鉄之助が飛び込んだ。

体当たりするような激しい刺撃だった。

切っ先が宇津木の脇腹から反対側の脇腹へ抜けた。

グッ、という呻《うめ》き声を洩《も》らして宇津木が身をのけ反らせた。一瞬、間を置いて、右手にいた北山が斬り込んだ。

袈裟にふるった切っ先が宇津木の首根に入って、血飛沫《ちしぶき》が驟雨のように散った。

鉄之助と北山の顔に血が降りかかり、血まみれになった。

鉄之助が刀身を引き抜くと、宇津木は血を撒きながらよろよろと歩き、ガックリと膝を折って前に突っ伏した。

鉄之助と北山は、顔を赤く染めたまま血刀をひっ提げ、放心の態《てい》でその場につっ立っていた。

「兄上、真吾さま！」

房江が駆け寄った。

三人は息を呑んで、血でどす黒く染まったお互いの顔を見合っていた。三人は顔をこわばらせたまま、何も言わなかった。ただ、体だけが激しく顫え、凄絶な斬り合いを物語っている。

源九郎と溝口もそばに歩を寄せてきた。

「見事、ご両親の無念を晴らしたな」

溝口がいたわるような声で言った。

「それにしても、鬼のような顔だぞ」

源九郎がそう言うと、房江たち三人の顔がくずれた。笑おうとしたらしいが、こわばった顔はゆがんで見えただけだった。

「いずれ、藩の者で死体は始末するが、このままでは旅人の邪魔だろう」

溝口が街道に横たわっている三体に、目をやって言った。

「とりあえず、林のなかに片付けておこう」

源九郎たちは、垣崎、宇津木、下田の死体を雑木林のなかに運び、木の枝や笹を斬ってきて、上にかけた。

「お鶴どの、その顔を洗わねば、美しい鶴が鴉のようだぞ」

源九郎が剽《ひょう》げたように言うと、房江は袖先を顔に当て、戸惑うような笑みを浮かべた。

四

源九郎はそっと玄関の引戸をあけた。

家のなかは静かだったが、赤子の泣き声が聞こえた。八重が泣いているらしい。この前来たときより、大きく力強い声である。つづいて、かすかな足音と、よし、よし、と、君枝のあやす声が聞こえた。

眠いのではないか、という俊之介の声もした。どうやら、俊之介も家にいるらしい。

「どなたか、おられぬかな」

源九郎は奥にむかって、声を上げた。

どういうわけか、急に赤子が泣きやんだ。一瞬、奥の座敷が静寂につつまれたが、爺《じじ》さまだ、という新太郎の声につづき、父上がみえたようだ、という俊之介の声が聞こえた。

バタバタと新太郎らしい足音が聞こえ、つづいて大人の足音が近付いてきた。

「ち、父上、おめずらしい」

俊之介が言葉をつまらせて言った。ふいの訪問で、驚いたのだろう。

君枝は八重を抱き、その君枝の腰のあたりに新太郎が張り付いていた。君枝は、お義父《とう》さま、ようこそ、と言って、お多福のような顔に笑みを浮かべた。機嫌は悪くないようである。

源九郎が華町家を訪れて、三月の余が過ぎていた。この間、房江のことで動きまわり、八重の宮参りをすっぽかしたこともあって、気にはなっていたが、なかなか華町家へ来られなかったのである。

「八重の顔を見せてくれ」

源九郎は君枝の腕に抱かれた八重を覗《のぞ》き込んだ。

目がクリッとし、熟柿のようなぼってりした頰をしている。赤子にしては大きな顔で、君枝によく似ていた。

八重はちいさな口を、せわしそうに動かしながら、珍しい物でも見るように目を剝《む》いて源九郎を見つめていた。源九郎が笑いかけると、八重も歯のない口をひらいて笑った。

「おお、可愛い子だ」

源九郎は、なおも目を剝いたり、笑いかけたり、唇をとがらせたり百面相をして八重をあやした。

その顔を見て新太郎が笑い出し、俊之介と君枝も相好をくずした。源九郎はいっとき、剽げた顔を作って八重をあやしていたが、馬鹿らしくなったのと、顔の表情を動かすのに疲れたのでやめた。

「父上、ともかく上がって」

俊之介が言い、君枝と新太郎も、しきりに上がるよう勧めた。

「それでは、上がらせていただこう。……八重に渡す物もあるしな」

そう言って、抱えてきた風呂敷包みをかざして見せた。

居間に落ち着き、君枝が淹《い》れてくれた茶をすすった後、

「いや、宮参りには来られなくてすまぬことをした。実はな、八重に何か買ってやりたいと思い、ちと、仕事に精を出していたのだ」

源九郎は用心棒とは言えなかったし、傘張りと言うのも気が引けたので、仕事

と だけ口にした。

「それで」

俊之介の顔には疑念の色があった。俊之介は源九郎が仕事らしい仕事をしてないことを知っていたのである。君枝と新太郎は源九郎の仕事のことなど関心を示さず、膝先に置いた風呂敷包みを気にしていた。

「まだ早いがな、そのうち、着物でもと思ってな」

そう言いながら、源九郎は風呂敷包みを解いた。

花柄の反物である。呉服屋で、幼い女児に似合いそうな物を、と言って選んでもらったのだ。用心棒代として得た十両の残りで、買ったのである。

「まァ、きれい！」

君枝は嬉しそうに顔をくずした。

「君枝は針仕事も達者だ。八重がもうすこし大きくなったら、単衣《ひとえ》にでも袷《あわせ》にでも縫ってやってくれ」

「はい。……お義父さま、ありがとうございます」

めずらしく、君枝は畳に指先をついて頭を下げた。

「いや、なに、宮参りに来られなかった罪滅ぼしだよ」

源九郎は、安堵《あんど》した。これで、宮参りをすっぽかしたことを忘れてくれるだろう。
それから、源九郎は半刻（一時間）ほど、俊之介と話してから腰を上げた。
七ツ（午後四時）前である。陽は西にまわっていたが、春を感じさせるような
やわらかな微風が吹いていた。一月の末、そろそろ梅の蕾がほころび始めるころ
である。
源九郎は春らしい陽気に誘われ、大川端を歩いて帰ろうと思い、御籾蔵の脇か
ら新大橋のたもとへ出た。
大川にかかる新大橋を見たとき、源九郎は房江のことを思い出した。
……房江を助けたのは、新大橋のたもとだったな。
記憶を失った房江をお鶴と名付け、はぐれ長屋で預かってからのことが源九郎
の脳裏をよぎった。
その房江は、半月ほど前、兄の鉄之助と許嫁《いいなずけ》の北山とともに国許へ帰ってい
た。出立前、長屋に挨拶に来た房江と鉄之助の話だと、鉄之助が田代家を継ぐこ
とになったという。また、房江は父母の葬儀を終え、一周忌が過ぎるのを待っ
て、北山に嫁ぐとのことだった。

「ところで、田代家を襲った者のなかに国許に残っている者もいると聞いているが、どうなったな」

田代家に押し入り、房江の父母とふたりの内弟子を斬った藩士は五人と聞いていた。そのうち、父母に直接手を下した垣崎と宇津木、それに江戸へ同行した下田の三人は斬っていたが、まだふたり残っているはずである。

鉄之助と房江が国許にもどったら、また敵討ちということになるのではないか、と源九郎は懸念したのである。

「ふたりは切腹しました」

鉄之助がけわしい顔で言った。

垣崎たちを日光街道の草加で討ち取ってから、半月ほど後、ふたりは国許の目付の詮議を受け、田代家へ押し入ったことが分かり、切腹に処されたという。

「そうか。……ところで、国家老の内藤はどうなった」

源九郎が訊《き》いた。黒江藩の内紛には、あまり関心はなかったが、房江たちの行く末のことが気になったのである。

「まだ、殿からのご沙汰はありませんが、家老職を致仕し、自邸にて謹慎しているとのことでございます」

鉄之助によると、房江が持参した調書類は野沢から藩主、松島貞清の手に渡り、内藤たちの不正が明白になったことで、内藤派の勢力は一気に失墜したという。

内藤だけでなく、その片腕の普請奉行の槙江も国許に帰され、自邸に謹慎して藩主の申し渡しを待っているという。

さらに、内藤と手を結んだ勘定奉行の河出、郷田屋、さらに他の内藤派の者も処罰され、黒江藩から内藤派は一掃されるだろうとのことだった。

「そうか。安心して国許に帰れるようだな」

源九郎が房江に目をやると、房江は、

「華町さまをはじめ長屋のみなさんには、なんとお礼を言っていいか……」

そう言って、涙ぐんだ。

房江は顔の傷も消え、生気を取り戻していた。ほっそりした体、色白で端整な顔立ち、潤んだような黒瞳《こくどう》、形のいいちいさな唇。まさに、端麗な鶴のような娘である。

「道中、気をつけてな」

源九郎は房江たちを長屋の木戸門まで送ってやった。

長屋の者たちも、お鶴さんが郷里《くに》へ帰る、と聞き、居合わせた者たちが、木戸門まで出て房江たちを見送った。

源九郎が何気なく、新大橋の橋桁に目をやったとき、対岸の日本橋の家並の上空に飛翔する鳥の姿が見えた。

……鶴だ！

数羽の鶴が江戸城の方に飛んでいく。

西陽を受けた鶴の白い翼が黄金色にひかって見えた。

北の国へ帰るのであろうか。源九郎は路傍に立ち止まり、胸の内で、お鶴さんが帰っていく、とつぶやきながら、飛び去っていく鶴の美しい姿に見とれていた。

双葉文庫

と-12-08

はぐれ長屋《ながや》の用心棒《ようじんぼう》

迷《まよ》い鶴《づる》

2006年4月20日　第1刷発行
2019年7月9日　第15刷発行

【著者】
鳥羽亮《とばりょう》

【発行者】
箕浦克史
【発行所】
株式会社双葉社
〒162-8540 東京都新宿区東五軒町3番28号
［電話］03-5261-4818（営業）　03-5261-4833（編集）
www.futabasha.co.jp
（双葉社の書籍・コミックが買えます）
【印刷所】
株式会社新藤慶昌堂
【製本所】
大和製本株式会社

【表紙・扉絵】南伸坊
【フォーマット・デザイン】日下潤一
【フォーマットデジタル印字】飯塚隆士

ISBN4-575-66235-6 C0193
Printed in Japan

秋山香乃
からくり文左江戸夢奇談
風冴ゆる
長編時代小説〈書き下ろし〉

入れ歯職人の桜屋文左は、からくり師としても類まれな才能を持つ。その文左が、八百八町を震撼させる難事件に直面する。シリーズ第一弾。

井川香四郎
洗い屋十兵衛　江戸日和
遠い陽炎
長編時代小説〈書き下ろし〉

今度ばかりは洗うわけにはいかない。番頭風の男は、十兵衛に大盗賊・雲切仁左衛門と名乗ったのだ……。好評シリーズ第三弾。

池波正太郎
熊田十兵衛の仇討ち
時代小説短編集

熊田十兵衛は父を闇討ちした山口小助を追って仇討ちの旅に出たが、苦難の旅の末に……。表題作ほか十一編の珠玉の短編を収録。

岩切正吾
大石兵六　勤番江戸暦
仇討ち橋
長編時代小説〈書き下ろし〉

敵討ちの助太刀を頼まれた大石兵六が巻き込まれた、次期将軍の座を巡る暗闘。示現流の剛剣が唸りをあげる。

加野厚志
姫巫女《ひめみこ》烏丸龍子《からすまりゅうこ》
池田屋の決闘
長編時代小説〈書き下ろし〉

京の平安を守る烏丸神社の女主・龍子と新選組の沖田総司が、立ち塞がる凶漢を討つ。著者会心の幕末伝奇ロマン第二弾。

佐伯泰英
居眠り磐音《いわね》　江戸双紙
夏燕《なつつばめ》ノ道
長編時代小説〈書き下ろし〉

両替商今津屋の老分番頭由蔵らと日光社参に随行することになった磐音だが、出立を前に思わぬ事態が出来する。大好評シリーズ第十四弾。

佐伯泰英
居眠り磐音《いわね》　江戸双紙
驟雨《しゅうう》ノ町
長編時代小説〈書き下ろし〉

助力の礼にと招かれた今津屋吉右衛門らの案内役として下屋敷に向かった磐音は、父正睦より予期せぬことを明かされる。大好評シリーズ第十五弾。

佐伯泰英

居眠り磐音《いわね》　江戸双紙

螢火《ほたるび》ノ宿《しゅく》

長編時代小説〈書き下ろし〉

小田原脇本陣・小清水屋の長女お香奈と大塚左門が厄介事に巻き込まれる。一方、白鶴太夫にも思わぬ噂が……。大好評シリーズ第十六弾。

佐伯泰英

居眠り磐音《いわね》　江戸双紙

紅椿《べにつばき》ノ谷

長編時代小説〈書き下ろし〉

菊花薫る秋、両替商・今津屋吉右衛門とお佐紀の祝言に際し、花嫁行列の案内役を務めることになった磐音だが……。大好評シリーズ第十七弾。

坂岡真

照れ降れ長屋風聞帖

大江戸人情小太刀

長編時代小説〈書き下ろし〉

江戸堀江町、通称「照れ降れ町」の長屋に住む浪人、浅間三左衛門。疾風一閃、富田流小太刀の妙技が江戸の人の情けを救う。

翔田寛

影踏み鬼

短編時代小説集

第22回小説推理新人賞受賞作家の力作。若き戯作者が耳にした誘拐劇の恐るべき顛末とは？　表題作ほか、人間の業を描く全五編を収録。

鈴木英治

口入屋用心棒

鹿威《ししおど》しの夢

長編時代小説〈書き下ろし〉

探し当てた妻千勢から出奔の理由を知らされた直之進は、犯人の殺し屋、倉田佐之助の行方を追うが……。好評シリーズ第三弾。

高橋三千綱

右京之介助太刀始末

お江戸は爽快

晴朗長編時代小説

颯爽たる容姿に青空の如き笑顔。何処からともなく現れた若侍が、思わぬ奇策で悪を懲らしめる。痛快無比の傑作時代活劇見参!!

高橋三千綱

右京之介助太刀始末

お江戸の若様

晴朗長編時代小説

五年ぶりに江戸に戻った右京之介、放浪先での事件が発端で越前北浜藩の抜け荷に絡む事件に巻き込まれる。飄々とした若様の奇策とは?!

鳥羽亮
はぐれ長屋の用心棒
深川袖しぐれ
長編時代小説〈書き下ろし〉
幼馴染みの女がならず者に連れ去られた。下手人糾明に乗り出した源九郎たちの前に立ちはだかる、闇社会を牛耳る大悪党。大好評シリーズ第五弾。

鳥羽亮
子連れ侍平十郎
上意討ち始末
長編時代小説
陸奥にある萩野藩を二分する政争に巻き込まれた、下級武士・長岡平十郎の悲哀と反骨をリリカルに描いた、シリーズ第一弾！

鳥羽亮
剣狼秋山要助
秘剣風哭《ふうこく》
連作時代小説〈文庫オリジナル〉
上州、武州の剣客や博徒から鬼秋山、喧嘩秋山と恐れられた男の、孤剣に賭けた凄絶な人生を描いた、これぞ「鳥羽時代小説」の原点。

中村彰彦
歴史浪漫紀行
座頭市から新選組まで
歴史ウオーキングエッセイ
座頭市は二人いた⁉ 韓国に侵攻した秀吉が残した倭城、新選組の魂のルーツを求めて——。直木賞作家が歴史の謎に迫る‼

花家圭太郎
無用庵日乗《にちじょう》
上野不忍無縁坂《うえのしのばずむえんざか》
長編時代小説〈書き下ろし〉
魚問屋の隠居・雁金屋治兵衛は、馬庭念流の遣い手・田代十兵衛と意気投合し、隠宅である無用庵に向かう。シリーズ第一弾。

藤井邦夫
知らぬが半兵衛手控帖
姿見橋
長編時代小説〈書き下ろし〉
「世の中には知らん顔をした方が良いことがある」と嘯く、北町奉行所臨時廻り同心白縫半兵衛が見せる人情裁き。シリーズ第一弾。

藤原緋沙子
藍染袴《あいぞめばかま》お匙帖
風光る
時代小説〈書き下ろし〉
医学館の教授方であった父の遺志を継いで治療院を開いた千鶴が、御家人の菊池求馬とともに難事件を解決する。好評シリーズ第一弾！